LA COLO SANS MONOS

Cet ouvrage a été imprimé sur un papier
issu de forêts gérées durablement,
de sources contrôlées.

Illustration couverture et illustration du groupe : Marie Spénale
Illustrations : Oleksii Arseniuk/Shutterstock ; Nata Kuprova/Shuttestock
; Lina_zh/Shutterstock
Mise en pages : Laurence Ningre

ISBN : 978-2-7002-7545-2

LA COLO SANS MONOS

CHRISTELLE CHATEL

RAGEOT

À Lee Chinh et Christophe.

C.C.

LA COLO

Greg
9 ans, très bavard et gaffeur.

Margot
12 ans, clone de Lily, version cheveux châtains.

Mado
la factrice qui fait peur.

Gilou
directeur de la colo.

Élie
9 ans, parle peu mais observe beaucoup… Trop mignon, les grandes l'adorent.

Phil
14 ans, future star d'Internet. C'est le roi de la vanne…

Sergio
10 ans, têtu et courageux, il aime qu'on le prenne au sérieux.

Elsa
la monitrice-stagiaire. (Elle est presque trop gentille !)

Bintou
8 ans. La plus curieuse et la plus bavarde. Elle adore traîner avec les « grandes ».

Lily
12 ans, « Barbie peste » aux cheveux lisses.

Valentin
13 ans, le frimeur, « cool attitude » en toutes circonstances.

Robert
le plus vieux mono de la Terre. Il vit au Summer Camp toute l'année.

Rose-Marie
15 ans, fan de mode, de hip-hop. Physique impressionnant. Hyper gentille.

Marouane
14 ans, beau gosse sportif, pas à l'aise au Summer Camp.

Victor
11 ans, l'intello de la bande, passionné de romans d'aventures.

Océane
13 ans, sept années de colo à son actif. Elle sait tout faire. Sacré caractère !

Suzanne
12 ans, allergique aux pestes et aux moustiques. Première fois en colo.

La Joue du Loup, le 5 juillet

Cher Dadou, chère Mamounette,

J'espère que vous allez bien et que Filou est sage.

Je l'imagine en train de miauler devant la porte de ma chambre pour rentrer faire ses griffes sur mes rideaux...

Moi, je vais très bien. Le voyage a été un peu long mais je n'ai pas vomi une seule fois. J'étais contente !

Le camp est [redacted] trop beau, au milieu des montagnes, comme sur les photos. Les moniteurs sont très gentils. Il y en a un qui vit ici toute l'année. Il a fondé la colo avec les parents de Gilou, le directeur, et il nous a raconté qu'il a construit lui-même nos lits en bois. C'est fou, hein ?

Sinon, la nourriture est délicieuse, Mamounette, et c'est du bio, rassure-toi, enfin je crois...

Je m'amuse beaucoup et j'ai déjà des copines. J'ai retrouvé Lily et Margot, deux filles de ma classe !!!

C'est [redacted] génial !!!

On a déjà échangé des tee-shirts et ce matin, elles m'ont appris comment lisser mes cheveux. Trop sympas !

Bon, je vous laisse.

Bisous et un gros câlin à Filou qui me manque beaucoup.

Vous aussi, hein !

À bientôt !

Suzanne

P.S. : Je n'ai pas eu un seul bouton et je mets ma crème solaire. Désolée pour les ratures, j'ai fait de mon mieux et mon stylo fuit un peu...

1

Suzanne ouvre les yeux d'un coup. Où est-elle ? Dans un rêve ? Non. Le son du clairon qui déverse ses notes saccadées, au loin, est bien réel. La couette dégage une odeur inhabituelle, un mélange d'aiguilles de pin et de bois ciré…

Soudain, la musique s'arrête et elle entend :

– Raaaaaaassemblement !

– Qui se dévoue pour étouffer Robert avec sa

trompette ? demande une voix ensommeillée dans la pénombre de la chambre.

Tout se remet alors en place dans le cerveau de Suzanne. Elle est au Summer Camp, en pleine montagne. Elle partage une chambre avec cinq autres filles et dort dans un « lit du bas ».

C'est la première fois qu'elle part en vacances sans ses parents et c'est le troisième matin où Robert, le plus vieux mono de la Terre, la réveille en sursaut.

Dans la chambre, personne ne bouge. Suzanne attend, quand, tout à coup, on frappe à la porte.

– Allez, les filles, on se lève, d'accord ? Soyez sympas...

Suzanne soulève un coin de la couette sous laquelle elle est toujours enfouie et aperçoit la tête d'Elsa qui dépasse de l'entrebâillement de la porte.

Elle est gentille, Elsa. Toute menue, un peu trop peut-être. Le jour du départ en colo, à la gare, Suzanne a cru qu'elle faisait partie du groupe des ados. Elle lui a même proposé de l'aider à trouver son numéro de place dans le TGV ! Suzanne était tellement gênée quand elle a compris que non seulement Elsa n'avait pas 12 ans, mais qu'elle était l'une des monos !

– Elsa, il y a un problème…

Suzanne vient de reconnaître le ton effronté d'Océane. Pour le coup, elle, tout le monde pourrait la prendre pour une adulte. D'abord, elle est super grande. Et puis elle fréquente les colos depuis qu'elle est petite, alors elle prend tout avec assurance et décontraction. On sent qu'elle ne se pose pas de questions. Cette brune au joli visage et aux longs cheveux a attiré tous les regards dès la montée dans le train. Elle parle avec les grands comme avec les petits, fait des grimaces, raconte des blagues… En résumé, tout le contraire de Suzanne !

– C'est quoi, le problème, Océane ? souffle la monitrice en poussant davantage la porte qui grince.

– Regarde… sous le lit de Suzanne ! poursuit Océane. Il y a…

Elle a l'air d'à peine oser dire le mot.

– …Une bête !

Suzanne est pétrifiée. Une bête ? Oh non, elle qui déteste les araignées !

– Co… comment ? bégaye Elsa.

Suzanne n'ose même plus respirer. Mais sa jambe commence à la démanger… La bête l'aurait piquée cette nuit ?

– Vous inquiétez pas ! La bête bouge plus, lance Bintou, une des petites de Summer Camp, 8 ans tout rond et une bouille craquante. Elle est peut-être morte ?

Elle étouffe un rire en disant cela, ce qui étonne un peu Suzanne. Ce doit être forcé. Un « réflexe d'auto-protection », comme le qualifierait sa mère psy.

– En tout cas, elle a de looooongues oreilles, ajoute Océane d'une voix grave, pendant qu'Elsa se décide à s'approcher.

C'est bon. Suzanne a compris la mauvaise blague. Elle entend Lily et Margot glousser dans leurs lits. Pas étonnant pour des dindes de leur espèce !

Vexée, Suzanne soulève sa couette d'un geste

brusque au moment où Elsa, à genoux près de son lit, brandit dans sa main droite… Mister Peter !

– Il… il… est à toi, ce lapin ? lui demande la monitrice. Vous n'êtes pas drôles, les filles. Vous m'avez fait peur !

Les autres éclatent de rire, pendant que Suzanne range rageusement sa peluche sous son oreiller.

– Un doudou à 12 ans, c'est vraiment la honte ! grince Lily en descendant l'échelle de son lit.

Des larmes montent aux yeux de Suzanne. Vite, elle se frotte les paupières et bâille exagérément pour faire mine de rien. Elle se lève en évitant de croiser le regard des autres.

– Moi aussi, j'ai pris ma peluche Lapin Crétin, lui glisse Bintou. Mais ton doudou, il est trop classe avec son costume bleu !

Génial ! Sa seule copine est le bébé du Summer Camp. Trop cool. Elles vont pouvoir s'échanger des Polly Pocket ce soir !

– On s'en fout complètement que tu aies un doudou, tente de la consoler Océane pendant qu'elles se dirigent ensemble vers la salle de bain. Je voulais juste faire une blague à Elsa, tu sais…

– Oui, oui, bredouille Suzanne en regardant droit devant elle.

Océane n'insiste pas et pose sa trousse de toilette sur l'un des lavabos. Suzanne sent une boule lui nouer la gorge. Une boule au goût amer.

Il n'y a pas à dire, elle déteste ce Summer Camp !

Face à son miroir, après avoir pris une profonde inspiration pour tenter de se calmer, Suzanne observe la magnifique marque blanche de ses lunettes sur son visage. Son nez est rouge comme un poivron et, quand elle le fronce, ça lui fait mal. Ses cheveux ressemblent à de la paille et elle n'a aucune envie de les coiffer. Sa mère pousserait des cris si elle la voyait. Mais, heureusement, elle n'est pas là, et elle n'en saura rien. Suzanne a fait attention à bien décrire les choses « à sa manière » dans sa lettre d'hier.

– J'adore ton vernis bleu ! dit Margot à Lily. Il est trop beau !

Suzanne les connaît bien, les deux « Miss

Cheveux Lisses », l'une châtain, l'autre blonde, aux vêtements toujours identiques – aujourd'hui shorts blancs et brassières jaune poussin. Deux pimbêches qui ne cessent d'agiter leurs cheveux brillants comme dans une pub et qui trouvent toujours une bonne raison pour se moquer des autres. Elle les supporte depuis le CP, ces deux-là, et elles étaient encore dans sa classe, cette année. C'était la pire des surprises que de les retrouver dans le train pour le Summer Camp.

Son séjour était gâché d'avance et il prend depuis ce matin des allures de cauchemar.

– Salut les poulettes. Bien dormi ? demande à la volée Rose-Marie.

Voilà la fille la plus baraquée que Suzanne ait jamais vue. Elle parierait que ses bras sont plus gros que ceux de Robert. Sa carrure contraste avec le rose et les paillettes de ses tee-shirts qui font ressortir sa peau cuivrée. Quand elle marche avec ses énormes baskets, ses petites nattes dansent autour de son visage à l'expression décidée. Rose-Marie a des allures de guerrière mais c'est aussi la fille qui paraît la plus sympa dans cette colo.

Elle adresse un large sourire à Suzanne qui ne parvient à rien faire d'autre que de continuer à se brosser rageusement les dents.

Impossible de sourire. Elle est toujours énervée par la blague de ce matin. Lily et Margot ont dû lui piquer Peter pendant qu'elle dormait pour le mettre sous son lit ! Ce genre d'humiliation leur ressemble. Mais ce qui attriste Suzanne, c'est qu'Océane se soit mise à se moquer d'elle, à son tour.

De retour dans sa chambre, elle plie soigneusement ses affaires dans son placard, étend sa serviette et fait son lit. Une vraie petite fille sage. « Mais pourquoi je m'applique autant ? Pour qui ? » se demande Suzanne. Elle se laisse tomber sur son lit et se gratte frénétiquement le haut du mollet.

À l'arrière de sa jambe, ce n'est pas une piqûre d'araignée mais son urticaire qui la démange. Elle qui pensait s'en être débarrassée définitivement, eh bien, raté ! Il a réapparu le premier soir de la colo !

Bintou ouvre brusquement la porte.

– Viens, on va manger ! Tu sens la bonne odeur, dans le couloir ?

– Euh...

Les effluves qui chatouillent le nez de Suzanne à cet instant n'évoquent pas vraiment le chocolat chaud et les croissants. Mais elle se laisse entraîner par sa « copine » vers le réfectoire...

– Bon appétit, ma grande !

Suzanne observe avec une moue de dégoût la grosse louche de viande en sauce que Robert vient de déposer dans son assiette.

– Merci... répond-elle en bonne petite fille bien élevée.

Le mono s'éloigne et Suzanne se désespère :

– Waouh ! Musicien, cuistot, il est multifonctions, ce Robert !

Le regard rieur d'Océane, assise en face d'elle,

la fait rougir comme une tomate. Suzanne a marmonné tout haut sans s'en rendre compte !

– Il paraît que c'est un sanglier qu'il a tué de ses mains, lui glisse la reine des blagues, en lui décochant un clin d'œil.

Mais Océane parvient juste à la dégoûter encore plus. Bintou, elle, se régale. Suzanne s'étonne qu'une si petite bouche puisse avaler autant de viande d'un coup. Par 28 degrés, en plein mois de juillet, à 9 heures du matin ! Pouah !

– Robert, c'est quoi ce petit déjeuner ?! s'écrie Valentin, un grand blond qui adore se faire remarquer et qui énerve Suzanne depuis leur arrivée. Je préférais les pancakes cramés et les œufs baveux d'hier !

– C'est pour vous donner des forces ! intervient alors Gilou.

Le directeur du Summer Camp fait son entrée dans la salle à manger aux murs lambrissés. Il est encore en pyjama – orange avec des nounours verts – et escorté d'Elsa, équipée de son éternel bloc-notes et de son sifflet glissé autour de son cou.

– Aujourd'hui, on part faire une longue rando,

avec des énigmes à résoudre, vous verrez, vous allez vous éclater comme des malaaaaades !!!

– Comme des malades… Sérieux. Mais qui parle encore comme ça ? chuchote Océane.

– Ben… Gilou, répond le garçon assis à côté d'elle, sans lever les yeux du livre qu'il tient entre ses mains.

Suzanne ne parvient pas à lire le titre en couverture. Victor – si elle a bien retenu son prénom – l'intrigue. Il ressemble au petit scout dans le dessin animé *Là-haut*, mais en mode muet et ramollo. Victor n'a pas l'air d'être très à l'aise ici, lui non plus. Il ne parle presque à personne et passe son temps dans ses bouquins.

Il pose son livre bien sagement et commence à trier avec minutie le contenu de son assiette, pommes de terre d'un côté, viande de l'autre.

Suzanne l'observe, amusée. Elle réprime un sourire et baisse vite les yeux au moment où Victor lève les siens vers elle. Son regard est vif et la saisit au vol, avant de se replonger dans sa sélection de pommes de terre. Suzanne se sent rougir pour la seconde fois en moins de dix minutes. Elle plante mécaniquement sa fourchette dans un morceau de viande et l'avale en réalisant après-coup ce qu'elle vient de faire. Elle réprime un haut-le-cœur.

– Tu n'aimes pas ? s'étonne Bintou qui a déjà fini toute son assiette.

Victor ne prête aucune attention aux filles. Il prend son livre d'une main et, de l'autre, pique sa fourchette dans une pomme de terre.

– Si, si, ment Suzanne en observant Océane qui ne se gêne pas pour lire tout haut le titre de l'ouvrage de son voisin.

– *Deux ans de vacances* de Jules Verne, énonce la brune. Plutôt cool, comme programme !

Suzanne n'est pas tout à fait d'accord. Deux ans de vacances, c'est long… enfin, ça dépend du contexte. Avec qui ? À quel endroit ? Pas ici, en tout cas… Elle reste là à fixer son assiette, la tête pleine de questions. Pendant qu'elle mâche péniblement un morceau de pomme de terre, la chaise de Victor racle soudain le plancher. Il se lève et quitte la pièce. Suzanne l'imite et le suit, sans vraiment savoir pourquoi.

La Joue du Loup, le 5 juillet

Mes chers parents,

Laissez-moi vous conter tel un troubadour le début de notre séjour…

Après un voyage nocturne dans notre serpent d'acier à la vitesse vertigineuse, nous sommes arrivés sains et saufs dans notre forteresse montagneuse.

Ici, l'air est pur et l'on voit les rapaces voler haut dans le ciel, leurs grandes ailes déployées.

Je n'ai point besoin de chasser pour me nourrir.

Sieur Gilou, Dame Elsa et Compère Robert veillent à satisfaire tous nos besoins.

Mes camarades d'exploration sont braves et joyeux.

Je m'en vais cheminer en montagne avec eux.

N'ayez crainte pour ma santé et mon appétit, toujours aussi vorace !

Votre fils bien aimé,

Victor

2

Victor sursaute. Il a cru entendre le bruit d'une porte qui grince, avant de se rendre compte que c'était lui qui faisait craquer le plancher. Dans la pénombre du garde-manger, il balaie du regard les conserves et les paquets de pâtes.

Bzzzzz... Une mouche erre entre les étagères.

Il fait plutôt frais ici, mais Victor a très chaud. Il ne faut pas qu'on le surprenne dans cet endroit, mais, tel Ivanhoé, son héros de livre préféré, Victor décide de ne pas craindre le danger. Et il aime ce sentiment d'interdit.

D'ailleurs la sueur qui trempe son tee-shirt n'est pas due à la peur… mais à la lourdeur du petit déjeuner de Robert.

Victor revoit en pensée cette fille blonde qui l'a fixé pendant tout le repas, avant de le suivre dans la cour. Elle a failli lui faire rater son intrusion ici. Victor a dû filer aux toilettes des garçons et attendre cinq bonnes minutes pour s'assurer que la voie était libre à l'arrière de la cuisine, où se situent les réserves.

« Yes ! Voilà les paquets de gâteaux ! » se réjouit-il.

Malgré les 500 grammes de pommes de terre sauce bourguignonne qui pèsent dans son estomac, toutes ces douceurs lui donnent faim.

« Allez, il faut que j'me grouille… Gilou va faire l'appel pour sa super rando du jour. »

Dans son sac à dos, Victor fourre en vrac des pains au lait, du Nutella, de la confiture, du miel, du jus d'orange, et puis des chips, de la sauce salsa… du sirop de violette, de la limonade…

Bzzzzz…

La mouche volète au-dessus de son sac, comme si elle n'appréciait pas du tout qu'on se serve dans son repaire sans demander la permission.

Victor se glisse jusqu'à la porte qui donne directement sur l'extérieur du chalet. Il prie pour que Robert n'ouvre pas pile à cet instant celle qui communique avec la cuisine…

– '*O sole mio…. La, la, lalaaaaa…*

Pas de danger. Le cuistot est en plein récital pendant sa vaisselle quotidienne. Victor appuie lentement sur la poignée de la porte qui va lui permettre de sortir à l'air libre. Personne en vue.

Hop !

Il court le long de la façade en pierres sèches pour rejoindre la porte arrière du chalet, tête baissée, le souffle court.

– Qu'est-ce que tu bouines ? lui lance une voix. Tu te planques pour pas faire la rando ?

Victor lève les yeux. En danseuse sur son VTT mais sans aucune grâce, Mado la factrice remonte le sentier jalonné de pins qui mène au chalet. Avec son casque d'où dépassent ses grandes oreilles et sa tenue de cycliste jaune, la femme à la carrure de déménageur ressemble à un poussin géant.

Dès son premier passage au Summer Camp, le lendemain de leur arrivée, Mado a impressionné tout le monde, et Victor en particulier. Derrière ses lunettes noires, il est sûr qu'elle le fixe avec son regard perçant de rapace.

– Non, non... Je...

Dans le cerveau de Victor, l'équation factrice = courrier + excuse bidon se met en place à toute allure.

– Je... je ramassais des fleurs pour les coller sur la carte de mes parents.

– Ah ouais.... ben t'es en train de les ratatiner, tes benoîtes, avec tes grosses savates.

Hein ? Mado s'exprime vraiment de manière étrange...

– Les fleurs jaunes, près de tes semelles ! braille la factrice en mettant pied à terre. Ce sont des benoîtes des montagnes.

– Ah oui, bien sûr...

Victor, gêné par son sac à dos plein à craquer

(et aussi un peu par son ventre), se penche avec difficulté pour cueillir trois fleurs, avant de déguerpir fissa.

– Tu ne me demandes pas si tu as du courrier, mon bonhomme ? le nargue encore Mado.

Victor ne répond rien. Il sait bien qu'il n'en a pas. Ses parents sont trop occupés à servir leurs clients dans leur café-restaurant *Au relais des routiers* pour trouver le temps de lui écrire.

C'est à lui de les faire rêver. Lui qui part pour la première fois aussi loin en vacances l'été. Sans ses grands-parents, sans l'oncle Jean-Mi et les cousins…

Heureusement pour eux, Victor a de l'imagination. Il file jusqu'à sa chambre et range soigneusement le contenu de son sac sous son lit. De quoi rendre son séjour vraiment plus savoureux !

– Ben alors ! Où t'étais passé ? Les autres sont déjà partis !

Sergio, les poings sur les hanches, trépigne au milieu de la cour. Malgré son gabarit de lutin, le collègue de dortoir de Victor s'impose par un sacré caractère et des yeux noirs en forme d'amandes capables de lancer des éclairs. Victor se demande pourquoi Sergio se raccroche à lui pour toutes les activités depuis le début de la colo.

Il doit être le seul des garçons de la chambre « Bouquetins » qui l'écoute, en fait.

Valentin, trop occupé à frimer auprès des filles avec ses lunettes de soleil, qu'il porte à l'intérieur comme à l'extérieur, ignore superbement tous ceux qui sont moins âgés que lui.

Marouane, le beau gosse taiseux, rougit même quand on lui demande s'il peut prêter son dentifrice. Et quand il est dans la chambre, il reste allongé sur son lit, absorbé par la lecture de sa revue *Foot Mag*.

Philibert, dit Phil, le comique du Summer Camp, a vexé Sergio plusieurs fois à cause de ses blagues. Avec ses cheveux longs et sa raie au milieu, son duvet ridicule au-dessus de la lèvre supérieure et ses fringues des années 90, Phil est complètement ringard mais il se trouve irrésistible. Comme tout le monde ici, il est privé de portable, d'ordinateur et de tablette, alors il s'entraîne tous les jours devant un miroir de la salle de bain pour des vidéos qu'il postera à son retour. Au Summer Camp, Phil a des sujets tout trouvés comme « Les monos », « La bouffe en colo » ou, le prochain à coup sûr, « Les randos »…

Depuis que Gilou l'a surpris en train de répéter, le « comique du camp » a sa petite moustache qui frisotte de fierté. Le directeur de la Joue du Loup a décidé que toute la colo allait préparer une vidéo qui serait offerte aux parents à la fin du séjour. Diantre ! Pitié ! Victor déteste se voir en photo, alors faire le pitre face à une caméra… Très peu pour lui. Il préfère laisser ça à Phil…

Dans la chambre, il y a aussi Élie et Greg, les petits de 8 et 9 ans. Élie est aussi silencieux que Greg est bavard. L'un est blond avec un visage d'enfant sage, l'autre est châtain au teint mat et fait rire tout le monde avec ses mimiques de fripouille. Ils se sont trouvés dès le premier jour, ces deux-là, et ils sont inséparables.

D'ailleurs, Élie et Greg l'attendent, eux aussi, chaussures de randonnée aux pieds, pour commencer la marche. « Un beau groupe de vainqueurs : le gros et les trois nains », songe ironiquement Victor en rangeant son livre dans une poche de son bermuda, et une barre de KitKat dans l'autre.

– Allez les jeunes, on se bouge ! grogne Robert, en pleine pause-café au soleil avec la factrice, chacun sur un transat, à l'ombre du gros chêne.

– Gilou vous attend au premier virage… Faudrait pas vous perdre ! s'écrie Mado à son tour.

– J'ai une boussole et une carte de la région ! annonce fièrement Sergio.

Il a aussi revêtu une tenue de rando toute neuve, blouson compris, qui doit le faire transpirer à grosses gouttes.

– Hum… T'as que ça comme chaussures, Victor ? s'affole-t-il en avançant à grandes enjambées.

Victor hausse les épaules. Il adore ses tongs à grosses semelles de liège. Il les porte été comme hiver avec des chaussettes de laine. Dedans, il se sent comme dans des chaussons.

– Youhou ! Les hobbits !

La voix a résonné dans presque toute la vallée. Victor sent ses joues flamber de honte.

Tout en haut du sentier, sur un promontoire, Valentin, fier de sa blague, se tord de rire avec Phil. Ils ont formé un groupe avec deux filles, une brune aux longs cheveux bouclés et… la blonde de ce matin.

Suzanne ! Victor se souvient enfin de son prénom.

En poursuivant son chemin et tout en faisant semblant d'écouter Sergio, il l'observe qui traîne à l'arrière de son groupe. Soudain, Suzanne marque un arrêt, attrape son sac à dos, et en sort… un KitKat ! Malgré la distance, l'emballage rouge est reconnaissable entre mille. Ce détail attendrit Victor et lui donne une furieuse envie de sucre, à lui aussi. Suzanne croque sa friandise en deux bouchées, comme une souris qui aurait peur d'être découverte.

– Holà, jeunes rrrandonneurs, êtes-vous prrrêts pour la prrremière éprrreuve ?

La voix a failli faire déraper Victor sur les cailloux. Sur le côté, posté près d'un gros rocher, un personnage les attendait, un grand bâton à la main.

– Waouh ! C'est le père Fouras ! s'écrie Greg.

Le déguisement est plutôt réussi mais Gilou s'est trahi en gardant ses tongs en poils de chèvre.

– Hé, hé, les enfants, commence-t-il en imitant le vieillard de Fort Boyard, sans remarquer qu'un bout de sa barbe blanche se décolle. Voici ma première énigme : *D'or ou de lune, je sors la nuit mais on m'apprécie au petit déjeuner... Qui suis-je ?*

– Mon ami Pierrot ! tente Greg.

– N'importe quoi ! C'est l'éclair, affirme Sergio.

– Non, non, répond Gilou-Fouras.

Victor soupire. Cette randonnée l'a déjà épuisé.

– C'est un croissant... murmure-t-il à l'oreille d'Élie.

– Alors ? les taquine le faux vieillard en dodelinant de sa perruque blanche. Vous donnez votre langue au lynx des montagnes ?

– C'est le croissant ! lance Élie, sous les regards surpris des deux autres.

– Bravo ! le félicite Gilou. Vous venez de réussir le prrremier défi !

Victor remarque les mines vexées de Greg et Sergio qui auraient chacun aimé trouver la bonne réponse et faire gagner l'équipe.

– Prrrenez le sentier des Marrrmottes, poursuit le moniteur de sa voix chevrotante, tout en se grattant le derrière. Là, trrrouvez le pin à crrrochets. Une seconde énigme vous attend…

– C'est parti ! lance Sergio en fonçant en tête, bien décidé à réussir la prochaine épreuve.

– Bonne chance ! leur crie Gilou, son bâton brandi dans les airs.

Victor serait bien resté avec lui. Il traîne à l'arrière du groupe des nains tout en repensant à Suzanne. Il ferait bien une pause KitKat, lui aussi. Il ne voit même plus les silhouettes de ses compères, mais, arrivé à une fourche, il se repère à la voix de Greg.

Il bifurque sur la droite quand soudain, il aperçoit, en contrebas, un bâtiment en rondins de bois, légèrement dissimulé par les sapins.

– Bon, tu te dépêches, Victor ? râle Sergio, posté avec Élie et Greg quelques mètres plus loin. Il faut qu'on trouve le pin des crochus.

– Le pin à crochets ! Pas le pin des crochus ! N'importe quoi... corrige Élie.

– J'arrive ! dit Victor.

Il les rejoint et s'empare discrètement de la carte de Sergio qui dépasse de la poche de son blouson. Le bâtiment qu'il vient d'apercevoir porte un nom.

Le refuge des Chardons.

La Joue du Loup, le 6 juillet

Coucou les frangins,

J'espère que vous êtes sages avec Papi et Mamie et que vous participez en mettant la table le midi et le soir!

Profitez d'être au bord de la mer! Moi, je m'amuse vraiment bien à la montagne.

Je n'ai pas encore vu de marmottes comme sur la carte, mais je guette!

Aujourd'hui, nos moniteurs nous ont fait une belle surprise.

Je vous raconterai tout quand je serai de retour à la maison... Promis!

Je vous laisse, il faut que j'envoie une carte aux parents, sinon ils vont être jaloux.

Gros bisous, les loulous.

Voici mon adresse :
Summer Camp Chemin des Pins
05250 La Joue du Loup

Écrivez-moi vite !

Océ

3

Océane s'avance dans le couloir désert, pieds nus sur le plancher. Elle vérifie l'heure pour la dixième fois sur sa montre : 9 h 15.

C'est quand même fou que Robert n'ait toujours pas sonné le clairon. Chaque matin, à 8 heures pétantes, c'est le branle-bas de combat au chalet. Ce silence ne lui ressemble pas.

Et Elsa ? Où est-elle ? Devant la porte de la

chambre de la monitrice, au bout du couloir, Océane avance son poing, hésite.

– Oh et puis… tant pis !

Elle frappe, une fois, deux fois. Pas de réponse. Elle colle son oreille contre le bois de la porte.

Silence total.

En short et tee-shirt de nuit, ses boucles emmêlées, Océane décide de descendre sans se changer jusqu'à la salle à manger. Dans l'escalier, elle ne renifle aucune odeur de cuisine, elle n'entend pas le rire tonitruant de Gilou résonner dans la salle…

En revanche, elle perçoit le bruit d'une marche qui craque derrière elle. Aux aguets, elle stoppe net et sent alors une main se plaquer dans son dos !

– Oh ! fait-elle en se retenant à la rampe pour ne pas basculer en avant.

– Pardon… euh excuse-moi… ça va ? Je ne voulais pas te faire peur.

Océane se retourne et découvre, éclairé par un rayon de soleil, le beau Marouane à la carrure d'athlète. Il est habillé, coiffé et il sent bon le gel douche.

– Pas de problème, répond Océane en tentant vainement de nouer ses cheveux sans élastique au-dessus de sa tête. Tu… tu sais pourquoi on ne nous a pas réveillés, ce matin ?

– Ben non… Je suis le seul debout à mon étage. Les autres ronflent encore…

Océane est rassurée d'avoir le plus baraqué de la colo à ses côtés pour inspecter le chalet.

Une fois dans la salle à manger déserte, elle tente de trouver une explication.

– Ils sont peut-être partis nous chercher des croissants pour nous récompenser après la longue rando d'hier ?

– Mouais…

Marouane ne semble pas convaincu. Il avance, suivi comme son ombre par Océane, jusqu'à la cuisine.

Tout y est parfaitement rangé.

– T'es cap d'aller vérifier si Robert dort encore ? suggère l'adolescent en ouvrant la porte qui donne sur la cour pas tout à fait déserte.

Élie et Greg, deux des petits, sont en pyjama… et en pleine partie de pétanque.

– Si vous cherchez Robert… il n'est pas dans son « gourbi », comme il dit ! prévient Greg. C'est pour ça qu'on lui a piqué ses boules.

– Il n'y a plus de monos… souffle Élie tout en se concentrant avant son tir.

– Et on a faim ! ajoute Greg.

Océane et Marouane s'observent, incrédules.

« Il a vraiment des beaux yeux, ce mec… », se dit Océane, quand un coassement ridicule en provenance de son estomac vient troubler ce moment.

– T'as faim, toi aussi ! constate judicieusement Greg.

Océane se sent rougir jusqu'à la racine des cheveux.

– Qu'est-ce qu'il fabrique, Robert ? lance-t-elle pour retrouver une contenance.

– Vous êtes sûrs que les monos sont partis ? demande Marouane aux deux garçons en prenant un ton ultra sérieux.

D'un coup, il a l'air presque en colère. Pas contre elle. Enfin. Elle ne sait pas. L'orage dans son regard est furtif, et il retrouve vite son air calme et gentiment distant. C'est fou comme ce garçon contrôle ses émotions.

– On les a cherchés partout, explique Élie.

– On est même allés jusqu'au gros sapin, renchérit Greg en bombant le torse et en pointant l'arbre juste à l'entrée de la cour.

Que se passe-t-il au chalet, ce matin ? Océane n'en a pas la moindre idée. Mais, étrangement, cela lui plaît. Elle est intriguée, comme si une surprise se préparait et qu'elle brûlait d'envie de savoir laquelle.

Greg brandit une boule de pétanque.

– Pardon, mais on a une partie en cours…

Et il ajoute :

– Si vous pouviez vous occuper du p'tit déj pendant qu'on termine, ce serait super !

Océane sourit. Greg lui rappelle l'un de ses petits frères.

Mais son sourire s'efface quand elle remarque soudain que le minibus et la vieille jeep de Gilou sont toujours garés dans la cour.

– Les monos ne sont pas descendus au village en voiture, en tout cas, glisse-t-elle, pensive.

Marouane reste silencieux. Il scrute les montagnes comme si une explication allait venir de là-haut.

Océane se rend compte qu'elle le fixe, lui. La honte ! Elle s'agace d'être aussi niaise. C'est juste un mec qui l'impressionne parce qu'il est plus vieux qu'elle. Il est pas mal, mais ce n'est pas Orlando Bloom, non plus. Elle s'avance dans la cour. Aïe ! Elle vient seulement de se rappeler qu'elle est pieds nus. Les graviers déjà chauds piquent ses talons.

– Elsa ! Gilou ! appelle-t-elle, les mains en porte-voix.

Seul son écho lui répond.

– Youhou ! renchérit Greg. On a la dalle !

Les six fenêtres des chambres s'ouvrent les unes après les autres, comme par magie.

– Trop fort ! se félicite Greg. Vous avez vu ?

Six têtes hirsutes apparaissent, dont celle de Bintou, à l'étage des filles, et celle de Valentin, depuis celui des garçons.

– Vous avez un mono dans votre dortoir ? les interroge Océane.

– Non ! Juste deux gros lards qui dorment encore ! ricane Valentin juste avant de se prendre une basket à l'arrière du crâne.

– Aïe ! T'es malade, Phil ! C'était pour rire.

– Vérifiez que les monos ne sont pas dans une salle de bain… ou dans une chambre ! leur crie Océane, les mains en porte-voix.

– Pourquoi, il y a un problème ? s'étonne Valentin, toujours hilare, en se frottant la tête.

– Non, c'est un nouveau jeu ! improvise Océane.

Elle ne veut surtout pas inquiéter les plus jeunes du Summer Camp. Un réflexe de grande sœur, sans doute. Puis elle se tourne vers Greg :

– Va voir avec Élie s'ils ne sont pas dans la cuisine.

– On a déjà vérifié, réplique Greg en lançant une boule.

– Eh bien, recommence, s'énerve Marouane. Robert est peut-être revenu !

– Et on va regarder dans la réserve ! ajoute sagement Élie.

– Très bien, approuve Océane. Marouane et moi, on va descendre jusqu'au petit bois.

Marouane, les mains dans les poches, soupire bruyamment. Océane sent qu'il commence à stresser. Elle fouille à nouveau les alentours du regard quand, soudain, un détail l'intrigue du côté de la boîte aux lettres.

C'est un chalet miniature décoré à la mode ringarde, accroché à un poteau.

Un coin d'enveloppe blanche dépasse de la fente prévue pour le courrier, sur le toit. Bizarre, à cette heure-ci.

– Mado est déjà passée ? souffle-t-elle à Marouane.

– Il n'y a aucun mono à notre étage ! prévient une voix depuis le chalet.

–Pas de mono aux toilettes ! ajoute Phil.

Océane se dirige d'un pas décidé vers la boîte aux lettres.

Son cœur se met à battre plus fort, et ce n'est pas seulement parce qu'elle sent le regard de Marouane dans son dos, ainsi que celui des ados à leur fenêtre.

– C'est bizarre ! Mado ne passe jamais avant 11 heures ! hurle Bintou.

Océane tend la main vers le coin de papier blanc. Elle tire dessus, l'enveloppe résiste.

– Attends, l'arrête Marouane.

Il a posé sa main sur la sienne ! En un instant, ses joues prennent un coup de chaud.

– C'est plus simple comme ça, non ? suggère le grand brun en ouvrant la porte du mini chalet.

– Mais oui ! s'énerve Océane d'une voix aigüe.

D'un coup d'œil, elle remarque que le courrier ne porte aucun nom de destinataire. Et Marouane qui tourne l'enveloppe entre ses longs doigts bronzés ! Elle n'y tient plus, et s'empare de la missive.

– On ne va pas y passer la matinée… grogne-t-elle.

Océane vérifie une dernière fois.

Aucun nom. La lettre est destinée au premier qui la trouve.

– J'ouvre ! clame-t-elle en agitant l'enveloppe.

Aux fenêtres du chalet, tout le monde est suspendu à ses lèvres. Océane pense aux actrices qui annoncent fébrilement le nom du lauréat à la cérémonie des Oscars. Sa mère adore regarder l'événement à la télévision. Océane a l'impression d'être l'une d'elles, devant des spectateurs mal réveillés.

Elle déplie le papier contenu dans l'enveloppe. Et c'est Greg, venu se coller contre elle avec Élie, qui lit bien fort pour que tout le monde entende, de sa voix éraillée, le texte formé de lettres de journal découpées :

« PROFITEZ BIEN
DE VOTRE LIBERTE,
C'EST CADEAU !
PAS UN MOT...
A PERSONNE !
ET SURTOUT PAS
A VOS PARENTS. »

La Joue du Loup,
le 6 juillet

Ma chère Mamita,

Tu vois, je t'écris ! Toi qui avais parié que je t'oublierais...
Eh bien, figure-toi que je pense énormément à toi et à tout ce que tu m'as raconté sur tes aventures dans la jungle.

Bon, je te laisse. Il faut que j'aille participer à une nouvelle activité de la colo : la cuisine.

Maman m'a donné des graines de chia pour le séjour, mais j'ai peur qu'on se moque de moi si je les utilise.

Tu crois qu'elles vont germer au fond de ma trousse de toilette???

Bisous

Tu me manques!!!!!

Suzanne qui t'aime

4

Suzanne regarde le nuage de plumes voler dans la cour.

– YOUHOU ! Les monos sont partis !

Par les fenêtres du chalet, Phil et Valentin, vite imités par d'autres, jettent par-dessus bord le contenu de leurs oreillers, des chaussettes, des trousses de toilette…

– Hé ! fait Élie en évitant une brosse à dents.

Suzanne se protège la tête de la main tout en rejoignant Océane près de la boîte aux lettres. Elle voit son doudou voltiger par la fenêtre et atterrir entre les branches du gros chêne, mais bizarrement, cette fois, elle s'en moque. Il y a plus important. Comprendre ce qui se passe ici.

Suzanne marche d'un pas décidé dans la cour, avec une furieuse envie de se gratter l'arrière des genoux.

Elle déteste les imprévus. Les anniversaires-surprise, les changements de dernière minute.

– Qui a écrit cette lettre, d'après toi ? demande-t-elle sans autre introduction à Océane qui scrute toujours le papier, imperturbable, au milieu des cris et des rires.

– Gilou a toujours des idées débiles, alors pourquoi pas celle-ci ? glisse la brune en lui décochant un sourire qui la réconforte instantanément. Les monos nous ont concocté un programme spécial. C'est tout…

Hmm. Suzanne hausse les sourcils. Elle a du mal à imaginer Robert en train de découper les lettres dans un journal avec ses gros doigts.

Et puis, comment Elsa aurait-elle pu les abandonner, tous, ce matin ? Ça ne colle pas. Mais elle ne veut pas avoir l'air de dramatiser. Alors en prenant le ton le plus calme possible, elle demande à Océane :

– Tu crois vraiment que c'est un coup des monos ?

– NON ! PAS L'EAU ! hurle Océane en la faisant sursauter.

Greg et Sergio sont allés chercher le tuyau d'arrosage dans la réserve et inondent copieusement la façade pour se venger des projectiles lancés par ceux du chalet.

– C'est vrai ! L'eau est pré.... Aaaah ! s'exclame Suzanne en sentant tout à coup un jet d'eau glacée la tremper des pieds à la tête.

Des rires fusent de plus belle.

– Laisse-moi faire, lui conseille Océane.

Elle ferme le robinet et braille d'une voix aussi forte que celle de Robert :

– Vous arrêtez ça tout de suite ! Lavez-vous les dents ! Habillez-vous et descendez dans vingt minutes au réfectoire !

– Bien parlé, Océ ! lui crie Valentin en lui envoyant un baiser.

– Toi, je t'attends aux fourneaux dans moins de dix minutes pour préparer le petit déjeuner ! réplique la brune.

Les mains plaquées sur son tee-shirt devenu transparent, les cheveux dégoulinants sur son front, Suzanne reste stupéfaite de froid, de honte… et d'admiration. Comment Océane, une fille de son âge, réussit-elle à maîtriser la situation ? Juste comme ça ?

– Bon, j'ai fait un tour dans le sous-bois. Il n'y a vraiment personne…

La voix a failli lui faire pousser un cri de surprise. C'est juste Marouane qui s'approche et qui écarquille les yeux en la voyant trempée.

Il faut absolument qu'elle se calme.

– Je monte me changer ! dit Suzanne en fonçant vers le chalet, et en priant pour ne pas s'étaler dans l'escalier avec ses baskets trempées qui font *scrouitch scrouitch*.

– On devrait appeler les parents, glisse Margot à Lily.

Pendant qu'elle se change derrière la porte de l'armoire de la chambre des Marmottes, Suzanne écoute les deux filles, mine de rien.

– Mais non ! C'est marrant d'être tout seuls, peinards. Tu n'es vraiment pas fun, ma pauvre.

– Ouais, t'as raison. Et puis, je sais pas comment on ferait. On n'a pas nos portables ! rit Margot en quittant la chambre avec son idole, celle qui lui dit ce qu'elle doit penser et faire.

La pauvre.

En remontant la braguette de son short, Suzanne repense soudain aux téléphones. Elle avait oublié qu'ils étaient déconnectés du monde, avec ce principe de colo à l'ancienne. Mais ses parents seraient les dernières personnes qu'elle aurait envie de prévenir à cet instant. Avec eux, tout devient un drame, tout le temps. Elle appellerait sa grand-mère, à la rigueur. Mamita saurait comment réagir, elle, dans cette situation. À son âge, elle vivait en Guyane, dans la jungle, avec un père chercheur d'or. Elle mangeait du caïman et du fricassé de lézard, alors un petit déjeuner sans monos, pour elle, ça aurait été de la « gnognotte ». Suzanne a même l'impression de l'entendre utiliser cette vieille expression.

La tête de Bintou apparaît d'un côté de la porte de l'armoire.

– Dis, Bintou, lui demande Suzanne. Tu sais s'il y a des portables cachés ici ?

– Pfffuit. Aucune idée ! répond la gamine. On verra plus tard. J'ai faim, moi !

Suzanne la suit dans l'escalier, tout en étant tentée de faire un crochet au rez-de-chaussée pour aller fouiller dans la chambre de Gilou.

Une fois dans la cuisine, elle comprend que certains l'ont devancée.

Phil brandit fièrement un slip kangourou Spiderman.

– La classe, le Gilou ! s'esclaffe-t-il.

– Et à part ce trophée, tu as trouvé autre chose ?

Un truc utile, peut-être ? lui demande Océane, tout en surveillant la cuisson de ses œufs brouillés dans une poêle.

– Non, son lit était défait, comme celui de Robert et d'Elsa, d'ailleurs…

– Pas de portable, pas d'ordinateur, ajoute Rose-Marie. On a regardé partout. Leurs vêtements sont là, leurs affaires de toilette aussi.

Suzanne réprime un rictus nerveux pendant que les deux adolescents attrapent une pile de bols pour les apporter au réfectoire.

Ils sont bel et bien coupés du monde !

– Tu as déjà connu ça, toi, en colo ? murmure-t-elle à Océane.

– Non ! Mais c'est plutôt marrant, comme situation. Tu trouves pas ?

– Moi, j'adore jouer au cuistot ! commente Valentin. On ajoute du fromage râpé, maintenant, c'est ça ?

Chargé de la seconde poêle, il frôle l'épaule d'Océane avec son menton.

– J'aime pas qu'on me colle ! le prévient la cuisinière.

– Et moi j'aime ton côté sauvage, lui susurre le frimeur.

Suzanne le trouve vraiment insupportable, celui-là, et Océane aussi, visiblement. Ses gestes sont nerveux et elle fait tomber sa spatule sur le carrelage.

– Rrrr, c'est pas vrai ! peste-t-elle.

Océane n'est peut-être pas aussi à l'aise qu'elle veut le laisser paraître…

Soudain, la porte du garde-manger s'ouvre en grand. Un carton débordant de viennoiseries dans les bras, Sergio annonce, triomphant :

– J'ai trouvé la réserve de pains au lait !

En une heure à peine, ils sont parvenus à s'organiser sans les adultes. C'est dingue !

– Les œufs sont moelleux à souhait, le fromage bien fondu. Parfait ! déclare Océane, avant de murmurer discrètement à Suzanne : on ne doit pas paniquer et profiter de notre liberté. Cela va être une super journée.

– Et si c'était Mado qui…

– Qui quoi ?

– Qui nous faisait une mauvaise blague.

L'idée vient de surgir dans le cerveau de Suzanne, à cause du mot dans la boîte aux lettres.

– Et si c'était un ado du camp, plutôt ? réplique Océane en haussant les sourcils, comme si cela pouvait être elle.

Hein ?

– Je rigole ! la taquine Océane. Allez, détends-toi. Et ne te pose pas trop de questions. Mes deux petits frères de 5 ans raffolent de mes œufs au fromage. Tu vas m'en dire des nouvelles !

– Tu cuisines vraiment bien... constate Suzanne sans avoir besoin de goûter le plat.

Tout en parlant, elle triture le sachet de graines de chia dans sa poche. Sa mère lui a appris à faire un pudding avec, mais elle se dit qu'elle a bien fait de ne rien proposer. Les blagues de Valentin auraient été encore plus lourdes que son plat.

– Quand on a une mère infirmière et un père chauffeur-livreur qui travaillent souvent de nuit, on apprend très vite à se débrouiller toute seule à la maison, lâche Océane, songeuse.

Suzanne a dû mal imaginer ce que c'est de se

débrouiller seule. Elle va peut-être l'apprendre aujourd'hui…

– Tout le monde est installé au réfectoire ! tonne Phil en venant récupérer avec Rose-Marie les pichets fumants de chocolat chaud.

Valentin et Océane les suivent avec leurs poêles. Et Suzanne leur emboîte le pas en attrapant une corbeille de pains au lait pour se donner une contenance.

Leur arrivée dans la salle est saluée par un grand « HOURRA ! »

– *On a faim ! On a faim !* clament les ados du camp en tapant des mains sur les tables.

– Le petit déjeuner est servi ! s'exclame Valentin. Elle est pas belle, la vie ?

– Ouais ! hurlent des voix en chœur.

Suzanne observe à la volée tous les visages. Elle aperçoit soudain le mystérieux Victor, absorbé par son livre, assis à un bout de table, ignorant totalement le vacarme autour de lui. Elle avait presque oublié ce garçon qui l'avait pourtant intriguée la veille au petit déjeuner. Qu'en pense-t-il, lui, de tout ça ?

– Bon, c'est génial d'être tout seuls, mais pour combien de temps ? lance soudain Rose-Marie tout en remplissant les bols de cacao.

– Une heure, une journée, une semaine ? Qui sait ? frime Lily en se levant de sa chaise. Moi, je trouve ça trop génial !

Suzanne remarque qu'elle fixe intensément Marouane, assis à table en face d'elle, en disant cela.

– Oh oui, trop cooool ! l'imite Océane en lui servant ses œufs brouillés d'un geste si brusque qu'elle tache le tee-shirt de la blonde.

Suzanne réprime un sourire. Elle soupçonne Océane d'avoir un faible pour le grand musclé du camp, mais Marouane semble complètement indifférent à la rivalité entre les deux filles.

Il fixe son chocolat chaud comme s'il allait lire dedans leur avenir au Summer Camp…

La distribution terminée, Suzanne se décide à prendre place entre Bintou, qui dévore son petit déjeuner comme une ogresse et Greg, tellement bavard qu'il parle tout seul.

– Une semaine sans monos, ce serait bizarre

quand même ! commente-t-il, les yeux ronds comme des billes, avant d'enfourner une grosse cuillerée d'œufs brouillés.

En face de lui, Élie bâille à s'en décrocher la mâchoire. Avec ses cheveux tout blonds et son air endormi, il a l'air encore plus jeune.

– Je peux goûter les œufs, moi aussi ? demande une fillette rousse à la crinière de lionne, avec une voix toute mignonnette, assise à côté de lui.

– Euh oui, oui… bien sûr ! s'écrie Suzanne qui, émue de voir qu'elle n'a pas été servie, lui cède une part de son assiette.

Une vérité lui éclate au visage.

Les petits de Summer Camp vont avoir besoin des grands… Et il va falloir qu'elle se montre forte.

Ting, ting, ting.

Phil fait tinter une cuillère contre son bol pour réclamer l'attention.

– Les gars, écoutez-moi !

– Et les filles, alors ? réplique bien fort Lily la Barbie, les mains en éventail devant sa bouche rose fluo ridicule.

– Ah, ah, ouais, les donzelles aussi, s'esclaffe le roi de la vanne. Écoutez-moi tous !

Océane pose sa poêle vide sur la table de Suzanne, visiblement agacée.

– La disparition des monos, même si ça ne dure que quelques heures, c'est un cadeau venu des sommets, commence Phil.

– Oh yeah ! intervient Valentin dans un déhanché à la Elvis Presley.

– Je vous propose un programme d'enfer, poursuit son pote Phil.

– Et on va s'éclater « comme des malades » ? demande un garçon en imitant la voix de Gilou.

Des rires fusent. Victor l'intello ne lève pas les yeux de son livre. Pour lui, rien ne semble avoir changé.

– Encore mieux ! Comme des fous ! hurle Phil. On a modifié le planning prévu par Gilou et annulé la visite du formidable musée du Sabot ! Nous réservons ça aux vacances avec nos arrière-arrière-arrière-grands-parents !

Certains s'esclaffent, d'autres poussent un énorme soupir de soulagement à l'idée d'avoir échappé au musée le plus ennuyeux de la Terre. Un brouhaha incroyable remplit la pièce, à tel point que Phil redemande le silence.

– Voici notre idée… Au lieu d'attendre le dernier soir… souffle-t-il, mystérieux.

Suzanne craint le pire…

Phil enfile des lunettes noires, attrape un pain au lait en guise de micro et annonce d'une voix d'animateur radio :

– LA BIG PARTY, c'est cet après-midi !

– Ouais ! crient certains grands, déchaînés.

D'autres rougissent et se jettent des regards en coin.

– Et pour les parents ? demande une fille à lunettes à l'air autoritaire.

– Ouuuuh ! Rabat-joie ! grince une autre.

– Bon d'accord, j'ai rien dit… se ravise la fille, sous les cris et les rires.

– *La Big Party, c'est aujourd'hui !* entonnent les petits, Greg et Sergio en tête.

Mais soudain Océane demande à la cantonade :

– Et pour Mado, on fait comment ?

Des chuchotements bruissent dans la salle.

Phil hésite. Suzanne le voit à sa façon de mordiller ses lèvres. Il avait dû oublier la factrice. La seule adulte qui leur rend visite chaque jour... et qui ne devrait pas tarder d'ailleurs.

Mais très vite, le super animateur déclare :

– On me fait confiance... J'ai tout prévu !

Suzanne se dit que certains ici mentent vraiment très bien.

La Joue du Loup,
le 6 juillet

Salut Pap's,
Salut Mam's,

Ici, c'est cool.
J'aime bien.

Biz
Valentin

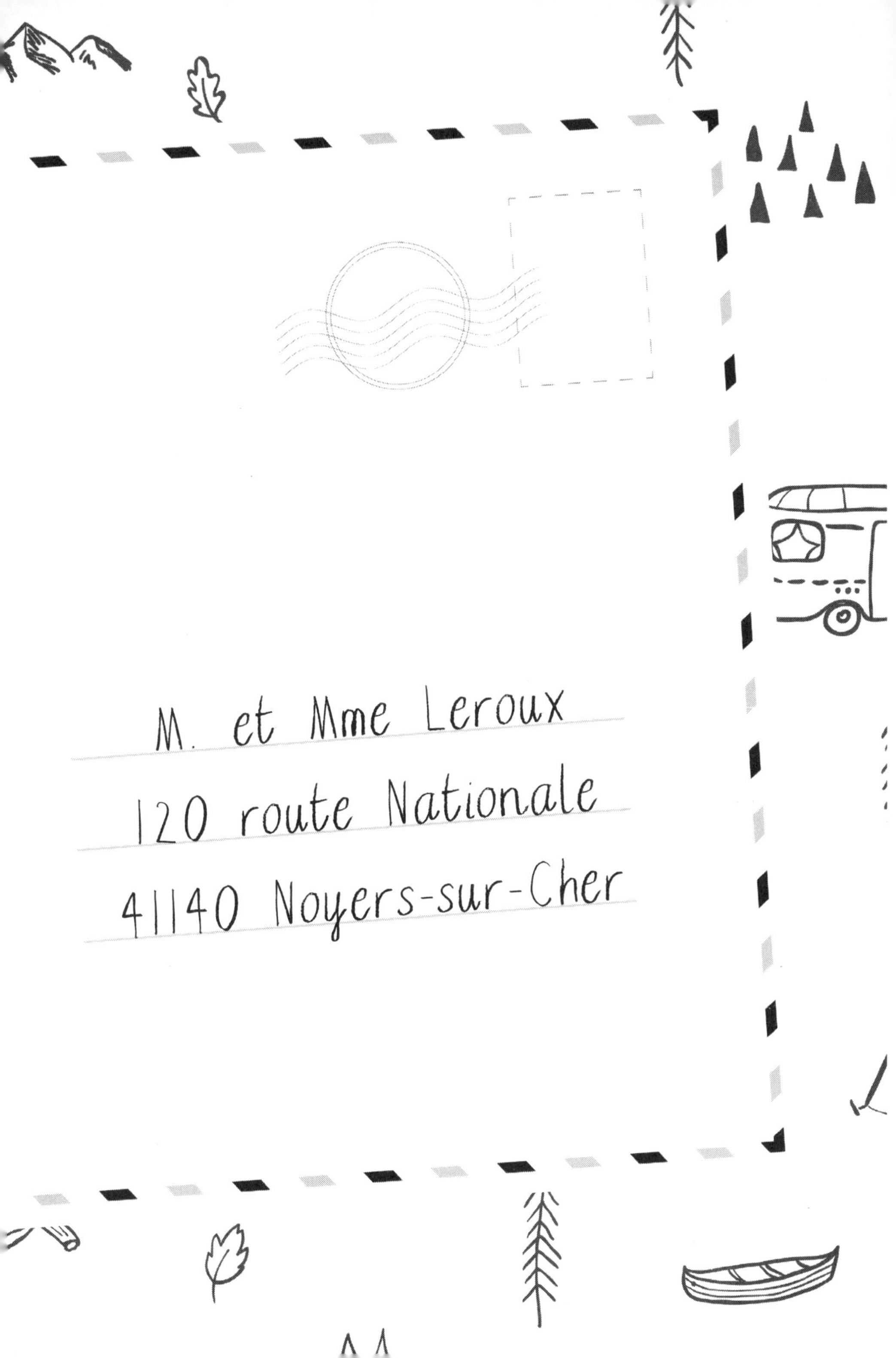
M. et Mme Leroux
120 route Nationale
41140 Noyers-sur-Cher

5

Valentin vient de se cogner contre une poutre. Aïe ! Ce grenier est vraiment bas de plafond, et la poussière pourrait se ramasser à la pelle. Il se demande s'il va réussir à trouver une sono en bon état.

Soudain, il se fige. Quelque chose s'est accroché à ses cheveux. Il passe sa main sur sa tête. Qu'est-ce que...

– Aaah, crie-t-il le moins fort possible, pour qu'Océane et Phil, en train de fouiner à l'autre bout de la pièce, ne l'entendent pas.

La toile d'araignée colle à ses doigts. L'horreur ! Il va devoir se relaver les cheveux avant la boum. Ils sont dans le chalet de la famille Addams ou quoi ? Une main va bientôt surgir de nulle part et faire scratcher les pla…

– Les platines ! hurle-t-il. Elles sont là ! Avec les enceintes !

Il vient enfin de dénicher le matériel indispensable à toute fiesta qui se respecte. La sono est éclairée par la douce lumière qui filtre d'un vasistas.

Trois claquements de doigts retentissent.

– *It's a kind of magic*… chante Phil.

Il s'approche et répète en claquant à nouveau des doigts :

– *It's a kind of magic, a kind of magic*…

– Tu connais Queen ? l'interroge Océane, amusée. Mes parents ont tous leurs disques.

Valentin ressent un petit pincement de jalousie dans la poitrine. C'est quoi ce nouveau groupe ?

– Queen ? C'est le tube de l'été ? demande-t-il.

Les deux autres éclatent de rire.

– Laisse tomber, mec, lâche Phil. C'est un tube éternel. Je te le ferai écouter.

Il faudrait déjà qu'ils trouvent des vinyles. Valentin évite une autre poutre de justesse et entreprend d'ouvrir des cartons posés près des enceintes.

– Alerte ! Voilà Mado !

La voix aiguë de Greg les a fait sursauter tous les trois en même temps.

Le garçon se tient en bas de l'échelle qui mène au grenier.

– Vous avez entendu ? insiste-t-il.

– Oui, oui, répond Valentin. On fait comme on a dit. Tenez-vous tous prêts !

– On est prêts ! confirme Greg en filant à son poste.

Océane et Phil rejoignent seuls l'étage des filles, pendant que Valentin descend jusqu'au rez-de-chaussée du chalet.

Dans la poche droite de son jean, il tâte l'enveloppe qu'il a préparée pour ses parents. Il laisse sa main posée sur la poignée de la porte d'entrée, reprend son souffle.

« Ça va fonctionner... » se persuade-t-il.

– Salut la compagnie ! tonne Mado en dérapant sur son VTT au milieu des gravillons.

Valentin sait que les gamins dans la cour jouent aux enfants parfaits, en pleine partie de billes, ou en train de lire une BD, sagement assis sur un banc.

– Bah dis donc, c'est bien calme, ici, s'étonne la factrice.

– Hello Mado ! s'écrie Valentin en sortant du chalet et en refermant la porte derrière lui presque sans trembler. Tu as du courrier pour moi ?

– T'es plus pressé qu'un citron, toi ! commente la factrice. Attends que j'ouvre ma sacoche.

Pendant qu'elle a la tête baissée, Valentin décoche un clin d'œil destiné à Bintou, Élie, Greg et Sergio qui délaissent leurs billes pour entourer la factrice.

– Et pour moi, Mado ? Tu as une lettre ? demande la fillette.

– Et pour moi ? la presse Sergio.

– Et pour moi ? souffle Élie.

– Et pour moi ? Et pour moi ? Et pour moi ? interrogent les voix des garçons et des filles qui surgissent de part et d'autre de la cour.

– Hé, ho ! Du calme, les marmots, râle la factrice. Et d'abord, il est où, Roberto ? J'aimerais bien avaler un caoua bien serré, moi.

– Robert est parti avec Gilou chercher un tronc, répond Victor.

Assis sur un transat, l'intello a sorti sa phrase d'une traite, sans lever les yeux de son livre. Il était le seul du camp à pouvoir sortir cette réplique sans éclater de rire.

– Un tronc ? Sont devenus des bûcherons, ces deux nigauds ? ricane Mado. Ah voilà, vos lettres, les affreux !

Elle commence sa distribution. Une nuée de mains surgit pour attraper les enveloppes. Suzanne lui apporte une tasse de café.

– C'est pour quoi faire, d'abord, ce tronc ? lâche Mado. Sont timbrés, vos monos...

Et, avec un gros soupir, elle s'affale sur le transat voisin de celui de Victor.

« Pourvu qu'elle ne reste pas toute la matinée ! » prie intérieurement Valentin.

– C'est… pour une activité, ment Greg avec un peu trop d'application, en fixant Valentin comme s'il cherchait son approbation.

– Et la môme… euh… L'autre mono, là, Vanessa ? demande Mado.

– Elsa, rectifie Suzanne.

– Oui, si tu veux, poursuit la factrice. Elle est où, Elsa ? Vous êtes quand même pas tout seuls au chalet !

– Ben non ! réplique Greg, qui a viré au rouge congestionné.

– Elsa est en haut ! s'écrie Bintou. Elle soigne Océane qui a un truc crade dans le pied.

– Une écharde… corrige Suzanne en soupirant.

« Une vraie prof, Suzie la coincée », pense Valentin, avant de crier bien fort en direction du chalet :

– Elsa ! Mado te dit bonjour !

Une voix fluette répond, depuis la fenêtre ouverte de la chambre des Marmottes.

– Bonjour Mado, je… je suis très occupée. À bientôt !

Valentin aperçoit, satisfait, la casquette violette de la monitrice qui bouge au ras de la fenêtre.

Puis la tête d'Océane apparaît à un coin de l'ouverture.

– Elsa doit rester concentrée sur mon pied. Désolée, Mado, dit l'adolescente.

La factrice la fixe, une moue perplexe barrant son visage.

– Aïe ! Tu me fais mal, Elsa ! en rajoute Océane.

Mado hausse ses gros sourcils. Elle finit de boire son café, rend sa tasse à Suzanne. Le silence devient pesant. Et Greg risque de faire une syncope à force de ne plus respirer.

« Mado, lève-toi et repars sur ton vélo, maintenant... » la supplie intérieurement Valentin.

Enfin, la factrice lui obéit. Elle enfourche son VTT, ajuste ses lunettes et appuie du pied sur la pédale de droite en lançant :

– Salut Elsa. Salut, la compagnie !

– Salut, Mado ! répondent-ils tous en chœur.

Mais soudain, la factrice s'arrête. Qu'est-ce qu'elle veut encore ?

– C'est cuit, murmure Greg.

Bintou lui décoche un coup de coude.

– Au fait, les mômes. Vous avez oublié un truc…

Tous se regardent, affolés.

– Vos lettres pour vos parents ! souffle Mado en leur adressant un clin d'œil.

– Ah mais oui ! s'écrie Valentin en lui tendant son enveloppe. Heureusement que tu es là, Mado !

Élie en a une aussi. Bintou lui donne la sienne, et celle d'Océane. Lily et Margot en ont écrit deux chacune…

La tension redescend. Mado referme sa sacoche, les salue à nouveau et file sur le sentier, enfin.

– C'est bon ? demande Phil avec sa voix d'Elsa.

– YES ! hurlent les ados dans la cour.

– Et maintenant, chacun a son poste pour préparer la fiesta ! lance Valentin.

Chérie coco faut pas blaguer
C'est une affaire de Dolce Vita
On est là pour le show

Dans la cour du Summer Free Camp, même les branches de pins vibrent au rythme de la musique.

– *Oh oh oh oh! Oh oh oh, oh oh oh!* scande un garçon à la tignasse bouclée, debout sur une motte de foin, en imitant la voix synthétique de la chanson.

Des guirlandes en papier toilette rose et mauve ont été installées le long de la façade du chalet. Le buffet disposé sur une grande planche trouvée dans la grange et posée sur des tréteaux regorge de victuailles : cacahuètes, chamallows, chips, rondelles de saucisson, saucisses cocktail qui chauffent au soleil…

« Hmm, que du bon », salive Valentin.

Voilà les vacances telles qu'il les aime, avec une activité carrément plus cool que les randos du Père Fouras dans la caillasse.

Posté derrière les platines, DJ Philou a gardé la casquette violette d'Elsa avec la licorne brodée devant. Elle détonne comme il faut avec son maillot de foot du Manchester United. Soudain, Phil lève un index à l'attention des danseurs qui se déchaînent sur la piste.

– *On va swinguer!* chante Rose-Marie en se trémoussant entre Élie et Greg.

Le fait de voir cette grande fille costaude se dandiner à côté de deux petits fait rire Valentin. L'absence des monos, c'est vraiment une bonne nouvelle. Pour tout le monde.

– *On va danser!* entonnent Océane et Bintou, déchaînées.

– *On va swinguer,* reprennent les deux garçons les plus timides de la colo juste après Marouane, qui se lâchent depuis que Valentin leur a servi sa « sangria sanguinaire ».

Il a fait croire à tout le monde que c'était une vieille recette, mais en fait, il l'a complètement improvisée : 5 litres de limonade + 500 ml de grenadine + un trait de sirop de menthe + 2 sachets de bonbons qui pétillent. Un truc de dingue.

– Ta langue est violette ! crie Bintou à Greg.

Les deux s'esclaffent, pliés en deux.

Valentin esquisse quelques pas et va regarder ce qui se trame sous le gros chêne. Sergio, les bras croisés, jambes écartées, se tient raide comme un piquet, à un mètre de Lily. En face de lui, celle qui se prend d'habitude pour une mannequin a adopté la même posture de combat.

– C'est quoi, ce truc ? demande Valentin.

– Il font une baston de regards, glisse Margot, la supportrice de Lily, un chronomètre à la main.

Valentin remarque alors le règlement écrit sur un carton blanc, posé au pied du chêne :

> Le premier qui cligne des yeux a perdu ;
> Il est interdit de parler, de se curer le nez,
> de danser, de chatouiller l'adversaire,
> de faire des grimaces, de hausser les sourcils ;
> Celui qui regarde ailleurs est éliminé.

Une larme coule le long de la joue de Sergio, mais il ne bronche pas. Valentin le sent tendu comme un élastique.

– Ouais, Sergio, vas-y, t'es le plus fort ! l'encouragent deux garçons en maillot de bain.

Lily a dû mettre un mascara méga waterproof qui retient tout. Ce n'est pas de la triche, ça ?

– Perdu, Sergio ! lâche Margot.

Le garçon serre les poings et les dents dans une grimace furieuse. Lily jubile. Elle sautille sur place telle une pom-pom girl.

– Tu as tenu 2 minutes 45 secondes ! annonce Margot. Un nouveau record !

– T'en fais pas, mec, dit Valentin à Sergio. On en fera d'autres, des concours débiles.

– C'est son parfum qui pue qui m'a fait pleurer, grince le concurrent.

– Hé, venez danser ! leur crie Greg.

Phil a lancé un nouveau morceau. Les basses font trembler les volets du chalet.

Valentin remarque soudain une paire de claquettes super moches oubliées au pied du chêne. Il lève les yeux vers la cime de l'arbre. Victor est assis à califourchon sur une grosse branche et balance ses pieds nus dans le vide.

– Tu sais que tu portes les chaussures les plus ringardes du monde, l'intello ? lance Valentin.

Victor ne répond pas. Il continue à fixer l'horizon.

La Joue du Loup, le 6 juillet

Salut Maman,

Je vais bien, t'inquiète.

Tu le sais, j'aurais largement préféré aller en camp de foot, mais je « survivrai », comme tu dis.

On fait pas mal de trucs. Là, il y a une fête mais j'ai déjà tout donné sur la piste alors je vais aller dormir un peu.

Demain, un super programme m'attend. Les monos se surpassent, je trouve. Ils sont hyper inventifs. Avec eux, c'est une surprise par jour, au minimum !

Fais gaffe à toi et ne travaille pas trop....

Tu as commandé mon sweat WONDER ? Le blanc, taille M.

Thanks, Mum ! ♥

Marouane

6

Marouane ne danse pas. Il n'a jamais aimé ça. Affalé sur un transat qui lui torture le dos, il regarde les autres sauter dans tous les sens, se tortiller, se déhancher, sans ressentir la moindre envie de les imiter. Il a l'impression de visionner un film au scénario complètement débile et terriblement long. Ça fait des heures que cette fête a commencé !

« Cette colo te fera le plus grand bien, lui a affirmé sa mère il y a six mois. La montagne, le grand air, ça te changera des stages de foot. »

Elle ne croyait pas si bien dire ! Il enrage d'avoir loupé l'opportunité d'aller en école de foot avec un stage intensif de préparation cet été. Le voilà coincé dans cette colo débile avec des monos qui se volatilisent. Il devrait trouver ça génial, lui aussi, comme Valentin, comme Phil, mais il n'y parvient pas.

– Tu veux un verre de Sangria Sanguinaire ?

Océane le toise avec un grand sourire, puis tourne brusquement la tête vers la piste de danse en agitant son menton au rythme de la musique. Si elle attend qu'il l'invite à rejoindre les autres, elle risque de patienter longtemps.

– Non merci… souffle Marouane en fixant le bout de ses baskets. Je suis crevé. Je crois que je vais aller me coucher.

– Déjà ? s'étonne Océane.

– Bah… on sait jamais. Les monos vont peut-être nous réveiller aux aurores demain, quand ils auront décidé que leur petite blague aura trop duré ?

Marouane dit ça, mais les questions se bousculent sous son crâne. Et un sentiment de peur ne le lâche pas. L'instinct d'un truc qui ne tourne pas rond. Un instinct hérité de sa mère.

– J'ai fait chauffer des saucisses au barbecue, annonce Océane. Elles seront bientôt prêtes.

– Tu sais tout faire, toi ! lâche-t-il d'un ton sec. Aussitôt, il remarque le rose qui monte aux joues d'Océane, et espère ne pas l'avoir blessée, malgré lui.

– Faut pas exagérer ! Je me débrouille, c'est tout, se justifie-t-elle en dessinant un demi-cercle sur la terre du bout de sa tong.

Elle est aussi mal à l'aise que lui, maintenant. Marouane se dit qu'il n'a jamais été doué pour parler aux filles. Celui qui leur parlait pour lui, du temps où ils étaient encore meilleurs amis, c'était Thomas.

Thomas... S'il était là, il aurait déjà organisé un tournoi de foot, avec une nuée de fans autour de lui. Il aurait impressionné tout le monde, y compris ce frimeur de Valentin ou Phil le comique. Thomas, celui qui réussit tout, y compris être sélectionné en école de foot.

Marouane avale sa salive pour chasser l'amertume qui remonte dans sa gorge. Il lève les yeux et se rend compte qu'Océane est partie.

22 h 30 à sa montre. Il est temps de monter au dortoir. C'est sûr qu'il sera le premier à aller se coucher mais cela tombe bien. Il veut être seul. Tranquille.

Dans le chalet, tout est calme. Il gagne l'étage des garçons en tendant l'oreille. À part les basses du nouveau morceau diffusé par DJ Philou et des rires qui proviennent de l'extérieur, il n'entend rien.

Où sont passés les monos ?

Il pose une main sur la poignée de la « chambre des Bouquetins ». Quelqu'un a inscrit sur un post-it : « *la chambre des crétins !* »

Marouane effleure l'interrupteur, avant de renoncer à l'allumer. La lune éclaire la chambre comme en plein jour. Et il ne veut pas attirer l'attention.

Soudain, il croit entendre un hurlement, lointain.

Ouuuuuh…

Ce n'est rien. Ce sont les autres qui crient sur la musique.

Un coup d'œil à chaque lit. C'est bon, Marouane est seul.

Il se change, se dit qu'il se lavera les dents demain et grimpe dans son lit superposé.

« Parfait, il est toujours là », se rassure-t-il en tâtant son matelas.

Dès la première nuit, Marouane a glissé discrètement un objet interdit sous son drap-housse, dans l'angle le plus près du mur, à la tête du lit, pour que personne ne l'aperçoive. Son téléphone.

C'est sa mère qui a insisté pour qu'il l'emporte.

« Dans mon métier, j'ai appris à ne faire confiance à personne. Alors même si les règles de cette colo à l'ancienne me plaisent, on va prévoir un moyen de communiquer tous les deux en cas d'urgence extrême. »

« De quel genre ? avait grincé Marouane. Invasion de marmottes ? Braquage du chalet par des bergers ? »

Sa mère n'avait pas relevé et s'était contentée de cacher l'objet clandestin dans une chaussette.

Marouane le sort de sa cachette et l'allume. Sur l'écran du téléphone, on lui demande le code PIN. Il effleure les touches, hésite, puis éteint l'appareil. Il a beau être mal à l'aise à l'idée de se retrouver dans ce coin perdu sans monos, il préfère patienter. Ce n'est pas une urgence absolue, il n'y a pas de danger imminent et, surtout, que diront les autres s'ils voient sa mère débarquer ?

Ce serait la honte ou pire encore.

Pas à un mot… à personne ! Et surtout pas à vos parents.

La phrase écrite dans le message anonyme est claire.

Et sa mère a beau être flic, Marouane n'est pas une balance.

Il fait chaud, beaucoup trop chaud dans la chambre.

Marouane se tourne et se retourne dans ce lit

bien trop petit pour son gabarit. Il est obligé de se mettre en chien de fusil pour que ses pieds ne balancent pas dans le vide.

La porte s'ouvre.

Un autre garçon se couche.

Marouane fait mine de dormir. Il a l'impression que c'est Victor, qui occupe l'un des lits en face du sien.

Il entend des objets qu'on remue. La fenêtre qui s'ouvre, puis plus rien.

Marouane voit soudain le visage de Phil, déformé par un horrible rictus, penché au-dessus de lui et qui lui intime :

– Dis-nous où sont les monos, sinon je t'oblige à danser tout seul devant les autres !

Il essaie de crier, sans y parvenir, et ouvre les yeux.

La chambre est inondée de soleil. Ce n'était qu'un mauvais rêve.

Marouane se penche. Sergio n'est pas dans son lit. Il n'y a personne à part lui dans la chambre et aucun couchage n'est défait. Il rêvait déjà quand il a entendu quelqu'un rentrer ?

Pourtant la fenêtre est ouverte… et il sûr que ce n'est pas lui qui l'a déverrouillée hier soir.

Il vérifie l'heure à sa montre : 8 h 20 !

Et une fois de plus, le clairon de Robert n'a pas retenti dans la cour à 8 heures pile. En regardant par la fenêtre, Marouane s'étonne aussi de ne pas voir la moindre silhouette d'un des pensionnaires de la colo. Il reste juste la sono, des gobelets vides éparpillés sur les graviers et un morceau de banderole accroché dans un arbre.

Où sont passés les autres ?

Le garçon se change rapidement. Il aurait besoin d'une bonne douche, mais le silence qui règne à l'étage désert l'angoisse. Il préfère éviter la salle de bain.

L'ambiance au Summer Camp prend des allures de monde parallèle. Comme si Marouane était le seul survivant d'une catastrophe nucléaire qui aurait exterminé tous les êtres humains.

Il descend quatre à quatre les escaliers.

– Youhou ! Il y a quelqu'un ?

La cuisine est vide. Pourquoi Océane n'est-elle pas en train de préparer le petit déjeuner comme hier ?

Il revoit son sourire. La déception dans ses yeux pendant la fête, quand il ne l'a pas invitée à danser…

Il aurait dû rester avec le groupe. Que s'est-il encore passé ?

– Océ… fait-il avant de renoncer à appeler Océane.

Il ne veut pas qu'elle pense qu'il lui court après. Il ouvre la porte d'entrée.

– Hé ! Ho ! crie-t-il, avec une voix ridiculement aigüe, en s'avançant au milieu de la cour.

Pas de réponse. Si c'est une blague, elle devient vraiment lourde. Marouane se précipite vers la boîte aux lettres… vide.

Il passe ses doigts dans ses cheveux. Il sent la morsure du soleil dans sa nuque tout en étant gêné par autre chose, il a l'impression qu'on l'observe.

– C'est bon, s'énerve-t-il haut et fort. J'ai bien ri, alors montrez-vous, maintenant ! Phil ! Valentin !

Marouane perçoit, à peine audibles, des couinements et des bêlements. C'est quoi ce nouveau délire ?

Les bruits proviennent du seul bâtiment où

aucun d'eux n'a pénétré depuis leur arrivée : la grange !

Marouane fait coulisser la porte. La lueur soudaine de l'extérieur éclaire des faces hilares derrière les bottes de foin.

– SURPRISE !

Le cœur de Marouane fait un bond. Comme le reste de son corps, d'ailleurs.

– Bêêêê !

Il croit que c'est Greg qui fait le malin en bêlant. Mais non. Une vraie chèvre le fixe au milieu de la rangée des petits du Summer Camp, Bintou, Élie, Sergio…

– C'est notre copine Biquette, annonce Greg. Elle a débarqué hier soir, dans la cour.

– On ne voulait pas qu'elle dorme toute seule, la pauvre, ajoute Bintou en caressant Biquette entre les cornes.

– Alors on s'est tous installés dans un dortoir géant ! conclut Sergio en levant les bras.

Marouane observe l'intérieur de la grange, ébahi. Des matelas ont été posés un peu partout sur la paille. Certains dorment encore, sans réagir aux batailles d'oreillers que d'autres font au ras de leur nez.

– Océ, j'ai faim ! braille Valentin en position de King Kong sur une botte de foin.

Marouane cherche la brunette du regard et aperçoit deux pieds qui pendent de la mezzanine.

Victor, sa lampe frontale allumée, semble avoir passé la nuit plongé dans son livre.

Tûût tûûût !

Tout le monde se fige en même temps. Même les endormis ne ronflent plus. Marouane a les jambes lourdes comme du plomb. Il est persuadé d'être visible de la cour, lui qui se tient encore dans l'embrasure de la porte de la grange. Qui débarque comme ça ?

– C'est le boulanger, murmure la voix d'Océane comme surgie par magie.

Marouane remarque alors qu'elle se tenait juste à côté de lui, tapie près de l'ouverture de la grange.

– Greg, Sergio, Élie, à vos postes ! ajoute-t-elle pendant que le moteur de la camionnette s'éteint. Suzanne, tu me suis !

La Joue du Loup, le 7 juillet

Cher Dadou, Chère Mamounette,

Vous allez être contents, je me sens vraiment bien, ici.

Mamounette avait raison. On mûrit plus vite quand on vit une expérience loin de chez soi, même si j'ai hâte de vous voir, bien sûr.

Je suis bien tes conseils sur les pâtisseries et les viennoiseries, maman. Je n'en abuse pas du tout.

Aujourd'hui, nous allons nous baigner. Il faut que je vous laisse... Je vais me préparer !

Bisous bisous et un gros câlin à Filou.

Suzanne

7

Suzanne regarde le livreur fermer la porte de sa camionnette.

– Bonjour, les filles ! Alors, elle se passe bien, cette colo ?

Elle acquiesce en hochant timidement la tête. L'homme lui rappelle son cousin Ben. Il porte le même genre de bonnet d'où dépassent des dreadlocks, un tee-shirt arc-en-ciel délavé et un pantalon trop large qui n'a jamais dû passer à la machine.

Le gars sent aussi fort que Biquette.

– Elle se passe super bien, cette colo monsieur, répond Océane, tout sourire. Et vous, la forme ?

– Moi, c'est Fred, et par pitié, dis-moi « tu ». On est tous frères et sœurs, sur cette Terre…

« Oui, c'est bien le même genre que Ben : adepte du Peace and Love », pense Suzanne, tout en restant sur ses gardes.

Il est peut-être cool mais pas aveugle, le livreur. Elle est persuadée qu'il va vite remarquer l'absence des adultes.

– On vous aide pour porter les caisses, M'sieur Fred ? demande Greg avec des yeux aussi innocents que ceux du Chat Potté du dessin animé.

Océane est déjà postée à l'arrière de la camionnette et jette un coup d'œil discret à Sergio et Élie qui font mine de jouer à la pétanque près de la grange. Cette fille est une vraie chef de bande, et Suzanne se demande comment elle a réussi à l'embarquer dans son plan.

– Ouais, c'est pas de refus. Z'êtes cools… souffle

Fred en ouvrant son coffre.

Une délicieuse odeur de pain chaud se répand autour d'eux. Fred tend une première caisse à Océane, puis une autre à Greg, qui peine à la soulever.

– Robert va râler, dit-il en se dirigeant vers le chalet. Les miches sont plutôt blanches alors qu'il les préfère bien cuites.

– Ne vous... Ne t'inquiète pas, le rassure Océane. Robert est occupé, pour l'instant.

Elle parle avec un aplomb tel que Suzanne croit l'espace d'une seconde que Robert est réellement au chalet, et réellement affairé.

– Il est en pleine réunion avec Gilou et Elsa ! improvise Greg, en revanche un peu trop sûr de lui.

– Ah ouais ?

Fred s'en moque comme de la dernière fois qu'il a pris un bain. Suzanne n'entend pas la suite. Elle vérifie qu'ils sont suffisamment loin et donne le signal à Sergio et Élie.

Les deux garçons attrapent une caisse, puis une autre. Ils font la chaîne avec Rose-Marie, Margot, Lily et Phil pour planquer leur butin dans la grange.

– Laissez-en quelques-unes ! s'étrangle Suzanne. Il ne faut pas qu'il remarque trop vite qu'on l'a…

Elle s'interrompt car elle vient d'apercevoir par les vitres du rez-de-chaussée du chalet les silhouettes d'Océane et du livreur qui traversent la salle à manger.

Clac !

Sergio referme d'un coup sec les portières.

– Pas de panique, murmure-t-il à Suzanne au moment où Fred revient dans la cour. Il y a encore un max de caisses, et ce mec plane à 200 mètres d'altitude…

– Bon, ben bonne journée, les jeunes, lance le livreur.

Mais soudain, il se gratte les dreadlocks sous son bonnet. Il a l'air ennuyé.

« Oh non ! Il a dû comprendre qu'il y avait un truc louche… » s'affole Suzanne en sentant une nouvelle plaque rouge la démanger sur son avant-bras.

– Bon, ben, c'est que je sais plus où je dois aller,

maintenant, lâche Fred. Mon daron m'avait dit un truc, j'ai oublié…

– À mon avis, tu as terminé ta tournée, affirme Sergio. Ton coffre…

Suzanne le foudroie du regard.

– … était déjà… euh… ajoute le garçon, de plus en plus bas.

– Ton coffre était déjà bien vidé, reprend Océane. Et tu finis toujours ta tournée chez nous.

Comment sait-elle ça ?

Suzanne écarquille les yeux, avant de comprendre qu'Océane brode sans vergogne.

– Mais ouais, z'avez raison. Et puis, chui crevé, moi… J'ai mérité une pause.

– Oui, oui, rentre chez toi, l'encourage Océane, visiblement morte de trouille à l'idée qu'il reste au chalet.

– Salut, la compagnie ! lance Fred en se décidant à remonter à bord de sa camionnette.

Les ados la regardent s'éloigner sur le chemin qui mène à la vallée.

– Yes ! On a réussi ! s'écrie Greg. À nous le super p'tit déj !

Suzanne a une faim d'ogresse, tout à coup. Elle pourrait manger une caisse remplie de gâteaux et prie pour que la boulangerie ne livre pas des muffins bio sans gluten insipides comme sa mère en rapporte de l'épicerie en bas de la maison.

– Waouh ! Sentez-moi ces croissants ! braille Phil en surgissant dans la cour avec une viennoiserie dorée dans chaque main.

Aooooouh ! Aouooouh !

Tout le monde se fige. Suzanne n'a soudain plus du tout faim. Elle savait bien que le nom du hameau, la Joue du Loup, n'avait pas été donné par hasard...

Le cri venait du petit bois au nord du chalet.

– Qu'est-ce qu'on fait si un loup débarque ? souffle Élie, en scrutant les arbres.

– Un loup ? Tu parles ! frime Phil en reniflant un gros croissant avant d'en croquer une bouchée. Cela devait être un oiseau.

– Mouais, soupire Greg. Mais il va falloir faire gaffe, les mecs. J'ai pas envie de jouer au Petit Chaperon rouge, moi.

– Aouuuuh ! Aouuuh ! s'écrie alors une voix.

J'AI LES CROCS !

Suzanne écarquille les yeux. Valentin s'avance entre les pins, les cheveux en bataille, un large sourire aux lèvres. Elle l'avait oublié, celui-là. Et pourtant, on ne peut pas dire que ce soit le plus discret de la colo.

– Ah ! Ah ! s'esclaffe Phil. Bien joué, le coup du loup. On y aurait presque cru, frère !

– Où t'étais passé ? lance Océane au moment où le garçon passe devant elle.

– Je chassais du gibier pour notre déjeuner, lui susurre Valentin.

– Pouah ! C'est sûr que t'étais pas en train de te laver les dents !

Le blond hausse les épaules.

– Pendant que vous étiez tous en train de roupiller, j'ai repéré un coin génial pour aller à la plage… lâche-t-il en s'affalant sur une botte de foin.

– La plage ?! À la montagne ?! C'est génial ! s'écrie Bintou.

Suzanne n'a aucune envie de se mettre en maillot de bain devant les autres. Elle entre dans la grange et lève les yeux vers Victor, assis sur la mezzanine, toujours plongé dans son bouquin.

Et lui ? Il aime ça, la plage ?

Il ne lui a quasiment pas adressé la parole depuis hier. Suzanne a même l'impression qu'il l'évite...

Victor la regarde ! Vite, Suzanne baisse les yeux, quand une feuille de papier pliée tombe brusquement à ses pieds.

Une feuille qui vient de s'échapper de son livre.

Elle la ramasse et se hâte de la mettre dans sa poche.

Une demi-heure plus tard, Suzanne trouve le bon moment pour rendre ce papier à son propriétaire.

– Tiens, c'est à toi, je crois... murmure-t-elle sans oser regarder Victor dans les yeux.

Le garçon s'est enfin décidé à descendre de son

perchoir. Assis à l'ombre du gros chêne, il s'est isolé une fois de plus pendant le petit déjeuner géant de cette matinée, sans oublier d'emporter une assiette avec des réserves de viennoiseries.

– Merci damoiselle, répond Victor. Tu as lu ?

– Non, non… ment Suzanne.

Bien sûr que si, elle a lu ce début de poème, plutôt bien écrit… mais très gênant.

Sur tes cheveux blonds glisse la lumière de l'astre roi
J'aimerais te conduire vers des contrées lointaines
Où le temps et l'espace ne comptent plus
Qui suis-je pour toi ?
Un être dénué d'intérêt ou celui qui te fera reine ?

– C'est un poème que j'ai recopié…

En prononçant ses mots, Victor a soutenu son regard. Il ment bien, lui aussi. Mais Suzanne est persuadée qu'il est l'auteur du texte. Et elle ne peut s'empêcher de ressentir de la fierté à l'idée que ce dernier ait été écrit… pour elle. D'ailleurs, elle rougit comme une tomate. Heureusement, impossible que Victor le remarque, sa peau étant couverte de coups de soleil et de plaques d'urticaire des orteils à la racine des cheveux.

C'est complètement ridicule de croire qu'elle inspire des poèmes. Son cerveau se détraque. Elle a simplement trop peu dormi cette nuit, entre Sergio qui n'arrêtait pas de ronfler et Bintou qui parle dans son sommeil.

Victor tend son assiette remplie de viennoiseries à Suzanne, qui porte un croissant à sa bouche, puis avale une gorgée du jus d'orange qu'elle avait apporté pour se donner une contenance.

Il y a d'autres filles blondes au Summer Camp, à commencer par Lily, bien plus jolie qu'elle. Et puis, de toute façon, Victor n'est pas vraiment le type de garçon qui la fait rêver…

– C'est marrant… souffle-t-il, songeur.

– Euh… quoi ? s'écrie Suzanne en se demandant s'il va faire une allusion au poème.

– Mado n'est pas passée, ce matin.

Suzanne vérifie l'heure à sa montre : 13 h 30.

Peu de risque que la factrice débarque si tard.

– Elle est peut-être malade ? dit-elle, soulagée qu'elle ne vienne pas leur rendre visite.

– Mouais, en tout cas, on est bien plus tranquilles sans adultes, tu ne trouves pas ?

– Oh oui ! J'en ai déjà marre d'avoir mes parents et mes profs toute l'année sur le dos, alors les monos ! Et Mado la zarbi !

Victor acquiesce, tout en avalant un deuxième pain au chocolat, alors qu'il a déjà mangé trois croissants. Des miniviennoiseries, certes, mais Suzanne le trouve un peu goinfre, le poète.

– Tu… tu vas à la plache ? lui demande-t-il, la bouche pleine.

Comment fait-il pour supporter un gros pull et des chaussettes en laine alors qu'il fait déjà 25°C à l'ombre ?

– Euh… je sais pas.

Un sourire se dessine sur le visage de Victor. Il a envie d'y aller, lui ?

– L'intello ! Tu restes ici pendant qu'on ira se baigner, j'imagine…

La phrase prononcée par Valentin dans son dos a fait sursauter Suzanne. De quoi se mêle-t-il, celui-là ?

– Moi, je reste, en tout cas ! affirme Suzanne en se tournant vers Valentin.

– Ah bon ? s'étonne Océane qui les a entendus, et s'approche à son tour.

– Oui, oui, enfin je préfère, bafouille Suzanne, mal à l'aise à force d'être fixée par les trois autres.

– J'ai horreur de la plage, assure Victor. Tu ne seras pas toute seule au chalet, Suzanne.

Elle n'est pas sûre, mais elle a l'impression qu'il lui a décoché un clin d'œil en disant cela.

– Bon, ben vous monterez la garde ! s'écrie Océane. Et si jamais les monos reviennent…

« Oh non ! s'affole Suzanne en pensée. Qu'est-ce qu'on fera ? »

– … On improvisera, affirme Victor. Il reste des croissants ?

Le 7 juillet

Ma chère cousine Thérèse,

Tu le sais, jamais je n'abandonnerai une damoiselle en détresse, même si une autre fait battre mon cœur.

Cet après-midi a été riche en émotions pendant que je jouais à ton jeu préféré...

Tu as deviné lequel ?

Allez, je t'aide un peu.

La vérité, je la révélerai à condition de bien choisir mon moment, et à qui je m'adresse.

En action, je penserai nourrir mon corps autant que mon esprit.

Victor

Sieur de la Joue du Loup

8

Victor était si content de rester seule avec la douce Suzanne… Mais la poisse le poursuit.

– Aïe ! Aïe ! hurle Bintou.

Comment elle s'est débrouillée pour se couper le pied, cette idiote ?

Elle lui fait rater une occasion en or ! Lui qui voulait en apprendre davantage sur cette fille aux yeux azur et aux cheveux blé des champs…

Une fille qui l'inspire et qui ne s'est même pas moqué de son poème.

Une fille qui fait battre son cœur sous son gros pull en laine.

– Je vais mouriiiiir !

Pas de chance. Bintou a tout gâché en escaladant une vieille souche pieds nus, juste avant que le groupe ne descende à la rivière.

– Montre-moi ton pied, ordonne Océane, à genoux près d'elle.

– Ça pique ! ça pique ! J'ai trop mal ! gémit Bintou. Je veux Maman…

« Oh non ! Elle ne va pas réclamer sa mère ! » grogne Victor intérieurement.

– C'est interdit de parler des parents ! s'énerve Océane. Quelqu'un pourrait trouver la trousse de secours ?

– Calme-toi, Bintou, ça va aller, la rassure Suzanne en la serrant dans ses bras.

Océane lui tapote l'épaule.

Victor la comprend, ce n'est pas le moment pour des effusions.

– Il nous faut du désinfectant, là, pas un câlin ! râle

la brune. Essaie de trouver la trousse. C'est urgent.

– Attendez ! s'écrie soudain Sergio. Je sais ce qu'il faut faire !

Tout en parlant, il commence à… défaire la braguette de son short ! Victor n'en croit pas ses yeux. Ce mec est un grand malade.

– Je sais, ça peut paraître bizarre, s'excuse Sergio, encore plus nerveux que d'habitude. Mais j'ai vu ça dans un film. L'urine est un antiseptique naturel. Super efficace pour nettoyer les blessures.

Un grand malade, et un gros crado ! Greg et Élie en restent muets de surprise.

– Je veux pas que Sergio me fasse pipi dessus ! braille Bintou en se débattant.

– Ne bouge pas ! hurle Océane. Et toi, bouge, Suzanne !

Mais Suzanne ferme les yeux, tétanisée. Sergio l'a traumatisée.

– Ouais, vas-y Sergio ! l'encouragent Valentin et Phil, pliés en deux tellement ils rient.

Le groupe s'agite autour de la blessée. Sergio ne sait plus ce qu'il doit faire ou pas, quand soudain, une voix retentit :

– Youhou ! On se calme, everybody !

Victor aperçoit Lily qui s'approche « en tortillant du popotin », comme aurait dit son père. Elle tient une mallette blanche ornée d'une croix rouge.

– Surtout, ne te presse pas ! lâche Océane.

Sergio remet sa braguette en place. Victor a nettement perçu le soupir de soulagement qu'il a poussé au même moment.

– J'étais en train de chercher des jeux de plage dans la chambre de Gilou quand j'ai entendu hurler Bintou, explique Lily, tout en déballant les compresses. Cela tombe bien, je venais d'apercevoir la mallette de secours en haut d'une étagère.

« Quel heureux hasard , en effet ! » se dit Victor. Il doute sincèrement que ce soit la première fois que Lily est entrée dans la chambre de Gilou. Savait-elle quelque chose sur les moniteurs qu'elle ne leur aurait pas révélé ?

– Victoooor !

La voix stridente d'Océane lui fait l'effet d'une décharge électrique.

– Tu arrêtes de rêver et tu m'aides à tenir la jambe de Bintou avec Suzanne et Sergio, s'il te plaît !

Victor a l'impression d'être dans un épisode de Grey's Anatomy, la série préférée de sa mère. Avec Sergio l'aide-soignant, Suzanne l'infirmière et les docteurs Océane et Lily dans les rôles principaux. La plaie n'est pas énorme, mais ça saigne beaucoup.

– C'est horrible ! gémit Bintou.

Et soudain, elle ferme les yeux et penche la tête sur le côté.

– Elle est morte ? s'affole Sergio.

– Mais non ! le rassure Phil. Juste évanouie.

– Pas du… commence Bintou au moment où Phil lui donne une énorme claque !

La fillette, sidérée, se met à pleurer à chaudes larmes. Du liquide coule aussi le long de sa jambe droite.

– Euh… on avait plus besoin de pipi, Bintou, chuchote la petite rousse à crinière dont Victor ne se souvient jamais du prénom.

Océane prend une profonde inspiration, puis ordonne d'une voix d'adjudant-chef :

– Suzanne et Lily, vous m'aidez à monter Bintou à l'étage des filles. Les autres, du balai !

Victor hausse les épaules. Après tout, cela tombe bien. Il voulait s'isoler un moment pour terminer son courrier.

Le calme est revenu au Summer Camp. Dans la chambre des Marmottes, Bintou jubile.

– À moi de jouer ! s'écrie-t-elle. Victor, action ou vérité ?

Allongée sur son lit, la tête calée contre un gros oreiller, la fillette profite à fond de la situation, entre ses deux garde-malades, Suzanne et Victor.

– Alors ? insiste Bintou.

– Je réfléchis…

Victor regarde sa montre : 16 heures. Les autres ne reviendront pas avant une bonne heure. Il se demande s'il n'aurait pas dû s'incruster à la plage, finalement, ou partir seul dans les bois, même si cela lui faisait un peu peur…

– C'est si difficile ? rit Suzanne.

Bon, il faut regarder les aspects positifs de la situation. Suzanne est restée. Et ce jeu proposé par Bintou a un avantage : découvrir qui est cette fille timide... à condition qu'elle choisisse la bonne option quand elle est interrogée, bien sûr.

– Allez, allez ! le supplie Bintou.

– Vérité ! lâche Victor dans un souffle.

– Quel est le truc le plus dingue que tu aies fait ? lui demande-t-elle aussitôt.

Victor sourit.

« Si vous saviez de quoi l'intello est capable, les filles... » les défie-t-il en pensée, tout en fixant le plancher en bois.

Mais il ne faut pas se vanter trop facilement, et puis il a signé un pacte. Le « truc » incroyable, il le garde pour lui.

Il prend une profonde inspiration, pour accentuer l'effet « vérité », et raconte, sur un ton de conspirateur :

– Une nuit, j'ai déboulé dans la chambre de mes parents en poussant des grognements effrayants, genre ours zombie.

– Wooooh, fait Bintou, impressionnée.

Suzanne hausse les sourcils, mais Victor poursuit, malgré son air blasé :

– Je portais le manteau de fourrure de ma grand-mère.

Cette fois-ci, les filles éclatent de rire en même temps.

– Mes parents ont hurlé. Et j'ai hurlé aussi pour leur faire croire que j'étais somnambule et qu'ils venaient de me réveiller !

– Excellent ! applaudit Bintou.

– Pas mal, commente Suzanne. À toi de poser la question, Victor.

Il fixe Suzanne et l'interroge :

– Action ou vérité ?

– Action ! répond Suzanne, à sa grande déception.

Il se demande bien ce qu'il pourrait lui ordonner de faire. Les défis idiots et humiliants, il déteste ça. Et puis, il pense à quelque chose, et se dit que c'est une excellente idée.

– Prépare-moi le meilleur des sandwiches en moins de trois minutes ! lance-t-il.

Suzanne ne répond ni oui, ni non. Elle se lève

d'un bond et quitte la chambre.

– Top ! crie Victor en déclenchant le chronomètre de sa montre.

Puis il ajoute tout bas :

– Bintou, je te laisse. Il faut que je surveille Suzanne.

– Mais… tente de protester la fillette.

Trop tard, il est dans le couloir. Suzanne a déjà descendu les escaliers. Il entend grincer la porte de la salle à manger, puis celle de la cuisine.

Il va enfin pouvoir être en tête à tête avec elle !

– Il te reste 1 minute 53 secondes, annonce-t-il en pénétrant dans la pièce.

Suzanne a la moitié du corps plongé dans l'énorme frigo. Elle en sort des tranches de fromage, un pot de cornichons, de la confiture de cerises, des…

– Ne regarde pas ! C'est de la triche ! lance-t-elle, son visage illuminé d'un beau sourire en déposant le tout sur la table.

– 1 minute 15 secondes ! lance Victor.

Deux tranches de pain de mie jaillissent du grille-pain. Suzanne, fébrile, en tartine une avec la confiture, ajoute les tranches d'emmental...

– Oh une souris ! s'écrie Victor.

Suzanne pousse un cri et lâche son couteau, avant de comprendre que c'était une blague.

– Tu triches vraiment ! râle-t-elle.

– Non, je teste ta concentration. Attention, il te reste 24 secondes !

La concurrente se donne à fond. Elle coupe une tomate en tranches, en met une de côté, émince trois petits oignons blancs, puis dépose le tout artistiquement sur son sandwich.

– 5, 4, 3, 2...

Hop ! Suzanne a juste eu le temps de poser la seconde tranche de pain grillé pour terminer son œuvre.

– C'était moins une, rit Victor. Bravo ! Il donne envie, ton plat.

– Cela m'a donné faim à moi aussi, avoue Suzanne, tout essoufflée par son défi.

– Eh bien, tu as trois autres minutes pour te faire le même sandwich et on les mange ensemble, propose Victor.

– D'accord !

Pendant que Suzanne s'active à nouveau, il tente des questions « vérité », l'air de rien.

– Il est sympa ce groupe de colo, mais bon, c'est difficile d'aimer tout le monde. Quelle est la personne que tu détestes le plus au Summer Camp ? demande-t-il.

– Lil… Enfin, oui, Lily n'est pas ce qu'on peut appeler une super amie, avoue Suzanne. J'ai du mal à la supporter.

– Ah bon ?

– Elle est dans ma classe depuis le CP. Comme sa copine inséparable Margot, d'ailleurs. Tu imagines ? Enfin, non, tu ne peux pas, tu ne la connais pas…

– Assez pour me faire une idée…

La Barbie frimeuse doit effectivement donner des envies de meurtre au bout de toutes ces années.

– Toi, je suis sûre que c'est Valentin qui t'énerve le plus ici ! lance Suzanne.

– Euh… fait Victor, désarçonné par cette réflexion inattendue.

Vite, il reprend une contenance.

– Je ne vois pas de qui tu veux parler dit-il, ironique.

– Mon sandwich est prêt ! annonce Suzanne. On va dans la salle à manger ?

Excellente idée pour un tête-à-tête. Victor ne sait pas encore s'il osera demander à sa partenaire quelle est la personne qu'elle apprécie le plus au Summer Camp... Il s'apprête à s'assoir en face d'elle, quand Suzanne s'écrie :

– Oh ! Tu as vu cet origami, à moitié glissé sous la porte vitrée ?

Bien sûr, que Victor l'a vu...

La Joue du Loup, le 7 juillet

Salut Maman,

Je suis sûr que tu n'en reviens pas que je t'écrive tous les jours !

Bon, j'avoue que, sans portable, on a plus de temps pour faire autre chose que d'envoyer des messages ou des vidéos à ses potes… Hé ! Hé !

Et puis, tu vois j'ai essayé de plier le papier comme un origami.

Quelqu'un m'a montré... enfin, disons que je l'ai fait d'après un modèle.

Je voulais juste te dire que je pense à toi, et que je vais très bien.

Bisous

Marouane

9

Marouane plie et déplie l'origami d'oiseau que Suzanne et Victor viennent de lui confier. Pour la troisième fois, il relit le message composé de lettres de journal découpées :

ELLE EST PAS BELLE,
LA VIE SANS MONOS ?

Il venait de rentrer le premier dans le chalet après l'escapade au bord de la rivière quand il a surpris les deux autres en pleine conversation, attablés dans la salle à manger, l'œuvre de papier posée devant eux.

– Encore un message... l'a prévenu Victor.

À présent, ils restent tous les trois silencieux.

Marouane s'était enfin détendu un peu cet après-midi en nageant dans l'eau glacée. Mais malgré le ton joyeux et la forme originale de la missive, il a un drôle de pressentiment. N'importe qui au Summer Camp a pu écrire ça (plutôt une fille, elles aiment en général plus les origamis que les garçons, se dit-il), ou alors, c'est l'œuvre de quelqu'un d'extérieur, qui les espionne, caché dans la montagne, et qui sait où se trouvent Gilou, Robert et Elsa.

– Qu'est-ce qui se passe ? demande Océane en débarquant dans un nuage de monoï. Vous faites de ces têtes ! Bintou va bien ?

– Bintou ! Je l'avais complètement oubliée ! s'écrie Suzanne.

– Ben oui ! Je compte vraiment pour du beurre,

ici, râle la fillette en faisant une apparition boitillante dans la salle, le pied bandé et la mine contrariée.

– C'est quoi cet origami ? reprend Océane, le ton légèrement pincé. C'est à toi, Marouane ? C'est un cadeau de Suzanne ? insiste-t-elle.

Océane serait-elle jalouse ? Non, Marouane doit se faire des idées.

– C'est un second message anonyme, lâche platement Suzanne.

Elle raconte où elle l'a trouvé, glissé sous la porte. Océane lit en silence.

– Bon, on peut continuer à jouer à Action ou Vérité ? s'impatiente Bintou.

– En tout cas, on peut faire tout ce qu'on veut ce soir, commente Océane. Les monos ne sont pas près de revenir...

Comment peut-elle en être sûre ? Soudain, elle paraît suspecte à Marouane. Il se demande s'il ne devrait pas la surveiller d'un peu plus près, cette fille qui ne perd jamais son sang-froid.

– Mais... vous ne pensez pas qu'on devrait demander de l'aide ? À... nos parents ou... ?

Suzanne a parlé tellement bas que Marouane ne sait pas s'il a bien entendu.

– Qui vote pour qu'on prévienne les parents ?

Dans la grange, juché sur une botte de foin, Phil compte les mains qui se lèvent lors du Premier Grand Conseil du Summer Camp, décrété juste après le dîner « sandwichips ».

– 1, 2, 3, 4, 5 non 4 !

Greg vient de rabattre la main d'Élie.

– T'es fou ! on est trop bien, comme ça, lui souffle-t-il.

Marouane a hésité, et puis il s'est dit que c'était impossible d'appeler sa mère. Il lui a écrit une carte. Il ne savait pas à qui d'autre il pouvait se confier, mais, étrangement, depuis sa baignade, quelque chose s'est détendu en lui, imperceptiblement. La carte de ce matin est la deuxième en deux jours. Sa mère risquerait d'avoir des soupçons, alors ce serait aussi bien que Mado ne la récupère pas.

– Et qui qui quiquiqui veut qu'on continue à vivre une cococo colo d'enfer ? chante Phil, le bras levé.

– Nooooous ! hurlent en chœur trente ados déchaînés, en faisant changer d'avis les quatre réticents.

– Bêêêê, fait Biquette, lunettes noires sur les yeux.

– Mais cela ne vous inquiète pas de ne pas revoir les monos ? demande Suzanne à l'assemblée.

– Ils vont bien revenir un jour, t'inquiète ! la rassure Rose-Marie en lui décochant un coup d'épaule si puissant qu'il manque de la faire vaciller.

– T'es sûre ? demande la petite rousse dont personne ne se souvient jamais du prénom.

– Certaine !

Cette fois, Suzanne baisse les bras. L'insouciance a encore gagné. Les petits se laissent entraîner par les plus grands, Phil en tête, dans une nouvelle ambiance fiesta.

Marouane se surprend à battre du pied sur un air disco. Océane lui adresse un sourire radieux. Il est stupide de se faire des films et de se méfier d'elle. Marouane voit des suspects partout... Qui sait ? Être flic est peut-être une maladie génétique qui se transmet de mère en fils...

– Allez, viens danser ! le pousse Rose-Marie en l'attrapant vigoureusement par les épaules.

Marouane esquisse un pas, puis se ravise. Il a peur de paraître ridicule... Il est fort en posture défensive sur un terrain de foot, mais le déhanché sur la piste de danse, c'est pas pour lui !

– Je... je reviens ! lâche-t-il en se libérant des bras des filles déchaînées.

Soudain, il a mal au ventre. Le régime viennoiseries ne lui réussit pas beaucoup, à moins que ce ne soit le stress. En vérifiant que personne ne le suit, il s'avance vers le chalet à pas rapides.

Dans le bâtiment, personne. Marouane monte les escaliers dans la pénombre, s'avance dans le couloir de l'étage des garçons, où il sera vraiment tranquille, et s'approche de la porte des Bouquetins. Il veut récupérer sa revue de foot et pose une main sur la poignée, quand, soudain, il perçoit des voix. Des copains de chambre sont déjà là. Et ils chuchotent dans le noir.

Marouane colle son oreille contre le bois de la porte.

– Rien ! Aucune trace… s'énerve l'un d'un ton saccadé.

C'est Valentin. Marouane en est quasiment sûr.

– On est dans la panade, souffle l'autre. Dire qu'on avait tout organisé !

Qui parle ? Il a du mal à le reconnaître. Et de quoi parle-t-il ?

– Tu as bien vérifié ?

Cette voix légèrement nasillarde, ce n'est pas celle de Phil, ni celle de Sergio…

– Oui, oui, oui ! s'énerve Valentin. Je t'ai dit : disparu !

Un grincement de plancher fait sursauter Marouane. Ils bougent !

Vite, l'espion se cache dans la salle de bain, juste en face de la chambre, en laissant la porte entrouverte.

« Pourvu qu'ils n'aient pas une envie pressante ! »

La porte de la chambre s'ouvre. Marouane retient sa respiration et prie pour que son ventre n'émette aucun gémissement.

Les garçons qui s'avancent dans le couloir sont Valentin et… Victor !

Marouane n'en revient pas. Il était persuadé qu'ils se détestaient.

« Comment ces deux-là peuvent-ils être amis ? Et qu'est-ce qu'ils manigancent ? Quelque chose a disparu, visiblement, mais quoi ? »

La Joue du Loup, le 8 juillet

Chère madame Viola,

Ne dites surtout pas à mes parents que je vous ai écrit, d'accord?

Je voulais vous demander de bien vous occuper d'eux pendant mon absence, et de rassurer ma mère, en particulier.

Vous savez comme elle se fait très vite des films.

Et si elle vous dit qu'elle pense appeler les moniteurs de la colo, vous l'en dissuadez, d'accord? Les animateurs sont assez sévères, et j'ai peur qu'ils se plaignent de moi auprès de mes parents, et qu'ensuite... enfin vous voyez....

Je compte sur vous, hein?

Si vous pouviez aussi câliner Filou quand il vient s'allonger sur le rebord de la fenêtre de votre loge... Et lui dire que je l'aime très fort...

Je vous rapporterai un petit souvenir de la Joue du Loup.

Comment vont vos jambes? Elles ne vous font pas trop souffrir?

Je vous embrasse, madame Viola.

Merci pour tout et CHUUUUUT!!!

Suzanne

10

Suzanne écarquille les yeux en ouvrant la porte de la grange. La cour du Summer Camp a des allures de cirque.

– Biquette ! Biquette ! hurlent Greg, Sergio et Élie en lui courant après.

La chèvre a le museau tout rose et les pattes rouges ; des chips sont collées à ses sabots et des zébrures orangées s'étalent sur le beau poil blanc de ses flancs. Elle trottine en faisant un large cercle dans la cour, poursuivie par les trois garçons, hilares.

– Clown Biquette a pris son petit déjeuner toute seule ! annonce Valentin, avachi sur un transat, torse nu, en maillot de bain, et les yeux encore tout gonflés de sommeil.

Parmi les débris de la table du buffet du soir, étalés sur le sol, Suzanne reconnaît une salade de tomates, un reste de taboulé et des rondelles de saucisse écrasées dans de la mousse au chocolat. D'une bouteille renversée sur la table s'échappent encore des gouttes de soda orange.

« Dégoûtant... »

– Elle aurait besoin d'un bon bain, notre Biquette.

Suzanne se retourne et découvre Victor, les yeux rieurs derrière ses lunettes. Elle lui sourit à son tour.

Hier soir, malgré leur complicité pendant Action ou Vérité, il a à nouveau été distant.

Elle a l'impression de le retrouver, et cela la rend joyeuse.

– Qu'est-ce qui se passe ? demande Marouane en lui emboîtant pas.

– Ben, tu vois… réplique Victor en désignant la cour d'un large signe de la main.

Contrairement à Victor aux cheveux en pétard et au pull couvert de foin, Marouane le beau gosse est impeccable, avec son tee-shirt blanc parfaitement repassé et aucune mèche qui ne dépasse de sa coupe gominée. C'est la première fois que Suzanne remarque à quel point il doit être maniaque.

D'ailleurs, il colle Victor et le suit dans la remise pour aller chercher une bassine et de quoi laver Biquette. C'est évident, l'hygiène l'obsède !

– Océane, Suzanne ! Arrêtez de vous marrer et aidez-nous à tenir cette chèvre ! crie Phil.

Il y a de quoi rire, pourtant. Ils s'y sont mis à huit pour capturer Biquette. Quatre pour les pattes avant, quatre pour les pattes arrière. Valentin, Phil, Sergio, Océane, Élie, Greg, Victor et elle. Marouane, lui, supervise l'opération.

Ils ont réussi à faire grimper la chèvre dans l'ancien abreuvoir en pierre, mais maintenant il faut l'empêcher de s'enfuir.

– Oooooh ! Elle me lèche les joues, s'esclaffe Suzanne. Arrête, Biquette !

– Yaaah !

Phil s'approche avec le tuyau d'arrosage.

– À la douche, Biquette !

Océane attrape le flacon de gel douche qu'elle avait posé sur le rebord de l'abreuvoir.

– C'est le mien, dit-elle, Senteur relaxante Passion des îles.

– Tu auras le poil tout doux, Biquette, assure Greg.

– La vache, ça colle, le Fanta, râle Valentin.

Soudain, Suzanne entend un ronronnement de moteur.

Océane et Greg s'arrêtent de savonner. Elle lève les yeux et remarque la mine affolée de Victor qui lâche Biquette.

– Les gendarmes… souffle-t-il.

– Quelqu'un les a appelés ? s'écrie Sergio, méfiant.

Suzanne pense à ses parents. Ce serait bien leur genre, d'avoir cherché à tout prix à joindre les monos et d'appeler la police. Ils sont tellement angoissés ! Se peut-il qu'un des pensionnaires ait cafté dans les lettres ? Peut-être… Mais le courrier ramassé par Mado hier n'a pas pu arriver si vite à Paris. Non, ce n'est pas ça…

– C'est pas… pas moi, je vous jure ! balbutie Élie.

Victor, lui, est aussi pâle qu'un spectre. Des cernes noirs ombrent ses yeux derrière ses lunettes.

– Restez calmes, les mecs, c'est rien… assure Phil en arrêtant le jet d'eau.

– T'es recherché par la police, l'intello ? lâche Greg.

– Ha ha ! Ce serait la meilleure de l'année ! celle-là, réplique Valentin dans un rire forcé.

Suzanne remarque que Marouane le toise et ouvre la bouche pour intervenir, avant de se raviser. C'est lui qui aurait donné l'alerte ?

Soudain, un coup de klaxon leur fait tous tourner la tête vers la fourgonnette bleue qui prend le dernier virage jusqu'au chalet.

– Biquette ! crie alors Océane.

Trop tard. La chèvre a profité de l'inattention de ses toiletteurs pour prendre la poudre d'escampette.

Suzanne la poursuit, comme les autres, au moment où le véhicule freine dans la cour, avec deux gendarmes à son bord.

C'est à ce moment-là qu'elle remarque que Valentin a saisi Victor par le bras et l'entraîne dans le bois de pins. Qu'est-ce qu'il lui veut ? Suzanne l'a nettement entendu lui dire :

– Ne fais pas le malin ! Faut qu'on parle d'abord…

– Bonjour. Tout se passe bien, les jeunes ? demande le conducteur, un homme à grosses moustaches et à la voix rocailleuse, après avoir descendu la vitre de sa portière.

Océane et Marouane ont réussi à attraper Biquette par les cornes juste avant qu'elle ne fonce devant la fourgonnette. De l'eau savonneuse parfumée au monoï dégouline le long de ses flancs sur les petits graviers de la cour.

– Oui, impec, assure Océane tout en retenant la chèvre comme elle peut.

– Robert est là ? poursuit le gendarme.

Tous les adolescents présents dans la cour restent immobiles. Et muets. Suzanne regarde Phil, espérant qu'il trouve quelque chose à dire, lui qui est toujours si bavard. Valentin et Victor sont devenus invisibles derrière les arbres…

– Il faut peut-être qu'on demande à vot' chèvre ? rit le second gendarme, jovial.

Greg se force à rire. Mais Suzanne voit bien qu'il a peur, lui aussi. Marouane avance d'un pas, il ouvre la bouche mais les mots semblent avoir un mal fou à remonter dans sa gorge.

– Nous…

Suzanne a mal pour lui.

– Hello ! Hello ! Bonjour messieurs les gendarmes !

La voix tonitruante l'a fait sursauter. Suzanne écarquille les yeux. Voilà Rose-Marie qui sort de la grange, en short et tee-shirt rose clair sur lequel est écrit au marqueur, avec des étoiles dessinées autour :

LADY MONO

– Bon... jour répond le conducteur, un peu surpris de voir cette fille d'1 m 78 l'accoster ainsi. Vous êtes mo...

– Rose-Marie, monitrice-stagiaire, pour vous servir... enfin vous renseigner.

– Où est Robert ? demande à nouveau le gendarme.

– Il est... Il est parti ramasser des mûres pour faire des confitures, répond Rose-Marie.

« Peu crédible », pense Suzanne.

– Ah... mais oui, bien sûr, tout le monde connaît les célèbres confitures de Robert ! s'esclaffe le moustachu.

Il reprend son sérieux et sort la tête pour mieux observer la cour.

Suzanne prie pour que les deux hommes ne descendent pas de leur véhicule et n'inspectent pas le Summer Camp.

– Pardon mais nous sommes en pleine activité « Toilettage de chèvre » ! s'écrie Rose-Marie.

– D'accord, on vous laisse, jeune fille. Vous direz à Robert que la belote est à 16 heures chez Gros Louis dimanche…

– Ce sera fait ! affirme Sergio, au garde à vous.

– Merci, mon gars. Bon séjour à tous à la Joue du Loup ! Soyez sages !

Suzanne attend que la voiture soit loin pour recommencer à respirer normalement. Puis elle se précipite vers le bois de pins.

– Victor ! Victor ! crie-t-elle, inquiète pour son ami.

Des branches de pin s'accrochent à ses cheveux, la griffent. Suzanne a peur de se perdre, mais elle s'enfonce dans le bois, persuadée que Victor a des ennuis.

Ooooooouh !

D'où vient ce cri ? Elle se fige.

– Les garçons ? C'est vous ? demande-t-elle

d'une voix qu'elle voudrait forte mais qui s'enroue par le stress.

Dans un fourré, quelque chose a bougé, Suzanne court, persuadée qu'un loup va l'attaquer. Elle manque de trébucher contre un tronc couché et, soudain, elle aperçoit les deux garçons au milieu d'une clairière. Elle est tellement surprise qu'elle en oublie sa peur. Ils sont en pleine dispute.

– Cela commence à mal tourner, Victor, faut qu'on raconte tout, maintenant, s'énerve Valentin.

Cachée derrière des branches de sapin, Suzanne a du mal à croire ce qu'elle voit... et ce qu'elle entend.

– On peut essayer de tenir un jour de plus, non ? réplique l'autre. Les gendarmes sont repartis.

– Mais j'ai flippé grave, moi ! hurle Valentin en frappant du poing contre son torse nu. Imagine qu'il soit arrivé un truc aux monos, par notre faute !

Victor, les bras croisés, semble plongé dans une profonde réflexion intérieure. Suzanne essaie d'analyser leurs propos, mais tout se brouille. Elle est déjà sous le choc de constater que ces deux-là se connaissent bien mieux qu'ils ne l'ont laissé croire depuis le début du camp.

Un craquement de branche la fait sursauter.

– Alors ? demandent Sergio et Greg, Il y a un problème ?

Ils ne sont pas les seuls à l'avoir suivie. Phil, Rose-Marie, Lily, Margot…

Il y a aussi Océane et Marouane, les vêtements trempés. Tous arrivent en file indienne. Victor et Valentin se retournent et les voient. Les pensionnaires du Summer Camp les dévisagent en silence, de part et d'autre des pins.

– C'est le moment, lâche Valentin en regardant Victor. Tu leur dis ?

L'intéressé garde les bras croisés et la bouche fermée.

– Nous dire quoi ? s'écrie Océane, à bout de patience.

Un chant d'oiseau trouble le silence de la clairière. Et enfin, une voix s'élève :

– Demandez-leur pourquoi les monos ont disparu... Tout est de leur faute.

La JdL, le 08 juillet

Salut Pap's,
Salut Mam's,

Ça va. Au calme...
A +

Val

M. et Mme Leroux
120 route Nationale
41140 Noyers-sur-Cher

11

Valentin se sent incroyablement léger pendant qu'il regagne avec les autres la cour du chalet. Marouane les a bien aidés, Vic et lui, en les espionnant la veille, dans leur chambre, et en prenant la parole à leur place dans le bois pour faire éclater la vérité.

C'était très fort de deviner pour les monos, même si Vic, cet idiot, l'a aidé en gardant dans son sac à dos le papier journal à moitié découpé qui avait servi aux messages anonymes.

Marouane est un vrai flic, comme dans les polars que lit Damien, le client préféré de son père. Damien reste assis à la même table, chaque jour de midi à 14 h 30, au restaurant. Une fois, il a prêté un livre à Valentin. Mais la lecture, ce n'est pas son truc. Il laisse ça à…

Le fracas d'une cuillère en bois contre une casserole retentit dans la cour.

Valentin remarque seulement à cet instant que des transats et des chaises ont été installés en demi-cercle, comme si un spectacle allait être donné.

– Suite à cette incroyable découverte, je déclare ouvert le Deuxième Grand Conseil du Summer Camp, tonne Phil.

Accrochée à son piquet, ses poils blancs tout frisés à cause du gel douche, Biquette bêle le jingle du conseil.

D'un large geste de la main, Phil invite Victor et Valentin à se placer face aux spectateurs, sur les deux caisses en bois installées pour eux.

« Sacré Phil… Il doit être vert de ne pas pouvoir raconter tout ça sur Snap », se dit Valentin.

Greg et Bintou apportent chacun un grand verre de jus d'orange aux deux stars du conseil. Valentin, qui rêve de devenir célèbre, se dit que son heure de gloire est déjà arrivée. Tous ces regards braqués sur lui pourraient l'effrayer, mais il adore !

– Valentin, dis-nous tout, commence Phil, parfait dans son rôle d'animateur, une banane en guise de micro. Vous êtes potes, en fait, Victor et toi ?

– Mieux que ça… enfin pire que ça, répond Valentin, ravi de laisser planer encore un peu le mystère.

Des chuchotements bruissent parmi les spectateurs.

– Ils sont frères ! crie Océane, les mains en porte-voix.

– Mais non ! C'est pas possible ! s'offusque Sergio. Ils ne se ressemblent pas du tout !

– Et puis, on l'aurait su s'ils avaient été frangins, renchérit Greg.

Victor, assis sur une chaise, reste de marbre. C'est tout juste s'il ne se plonge pas dans le gros livre posé à ses pieds, comme si rien d'autre n'existait autour de lui.

– Gagné, Océ ! la félicite Valentin. Tu es non seulement mignonne, mais super futée !

– Tu peux garder tes commentaires pour toi ! réplique la brune.

Valentin s'amuse de voir combien elle est vexée à chaque fois qu'il lui adresse un compliment. Il aime bien les filles qui ont du caractère !

– Waouh ! Ils sont bien frangins ! s'écrie Rose-Marie. C'est fou !

– C'est carrément chelou tu veux dire, lance Lily, une moue dégoûtée sur les lèvres.

– Victor, tu confirmes les propos de Val ? enchaîne Phil, galvanisé par cette révélation.

– Je confirme.

– Et, maintenant, poursuit Phil en glissant sa banane-micro sous le nez de Victor, dites-nous la vérité : où sont les monos ?

– C'est bien le problème, intervient Valentin. On n'en sait r…

– Tu permets que je parle ? le coupe son frère.

Valentin remarque alors que « Suzie la coincée » dévore Victor des yeux, les sourcils légèrement froncés.

« Hé, hé, il va pécho, le frérot », se dit-il.

Beau joueur, il cède la parole à Victor. Après tout, c'est ce fou furieux qui a imaginé ce scénario.

– Quitte à partir pour la première fois en colo, j'ai voulu rendre ce « Summer Camp » exceptionnel, commence Victor. Mon frère, qui a d'abord râlé en apprenant que nous serions dans le même groupe, a vu soudain un intérêt à partir avec moi.

– Mouais… minimise Valentin. L'intello a su me convaincre.

– Un mois avant le départ, nous avons conçu un plan, poursuit Victor. Un plan pour éloigner les monos pendant 24 heures du Summer Camp.

On entend des « Ooh » des « Aaah » parmi les spectateurs, impressionnés.

– Ouais, je sais, c'est la classe, se vante Valentin en écartant les bras, affalé sur sa chaise, fier de lui.

Victor lui jette un regard noir derrière ses lunettes rondes et poursuit :

– J'ai enregistré discrètement le numéro de portable de Gilou. Et le jour du départ, j'ai emmené mon téléphone avec moi, alors que nos parents sont persuadés qu'il est toujours au coffre, dans le bureau de mon père.

– Les darons ne se doutent pas qu'on connaît tous les deux la combinaison, ne peut s'empêcher de glisser Valentin.

Sergio fixe les deux garçons, la bouche ouverte. Il est sidéré.

– Et ton portable, où tu le caches ?

Valentin tourne la tête et remarque que c'est Marouane qui a posé cette question. Il note aussi qu'il colle d'un peu trop près Océane, le flic du Summer Camp.

– Hum, hum, toussote Victor. Désolé mais je ne dévoilerai pas tous mes secrets d'un coup. Bon, je continue…

– Mardi matin, à l'aube, planqué avec Valentin dans la grange, j'ai appelé Gilou à 4 h 50 en trafiquant ma voix. Je me suis fait passer pour un inspecteur du Ministère de l'Éducation Nationale et de la Jeunesse....

– Du quoi ? demande Bintou.

– Chuut ! fait Rose-Marie. Je t'expliquerai plus tard.

– Gilou a marché... à fond, se souvient Victor. Tout fonctionnait comme sur des roulettes. Je lui ai dit qu'il devait se présenter au Refuge des Chardons à 6 heures précises avec un autre moniteur. Que c'était pour une urgence.

– On espionnait Gilou depuis notre planque, poursuit Valentin. En moins d'un quart d'heure, on l'a vu sortir du chalet avec son bas de pyjama et un gros pull. Elsa, en panique, le suivait en chuchotant : « Mais ce n'était pas prévu ! Ce n'était pas prévu », avec sa petite voix aiguë. Trop drôle !

– Et Robert ? interroge Phil.

– Là, c'est moi qui suis intervenu ! annonce fièrement Valentin. J'ai attendu que Gilou et Elsa soient partis pour aller réveiller le vieux grincheux.

Valentin imite la voix de Robert :

– « *Mmm, qu'est-ce que tu veux, pt'it morveux ?*

– Robert, Robert ! Lève-toi, vite ! Gilou t'attend

au Refuge des Chardons. Il a un problème…

– *Hein ? Qu'est-ce que tu racontes ?*

– Habille-toi et suis-moi… »

Bintou et la petite rousse dont tout le monde oublie toujours le prénom frappent dans leurs mains, aux anges. C'est encore mieux qu'au cinéma.

– Au refuge, souffle Victor, tel un conteur ravi de capter son public, on avait tout installé pendant la nuit : des pains au lait, du Nutella, deux litres de limonade, du sirop de violette, trois paquets de chips et de la sauce Salsa…

– Wouah, cela donne carrément envie, lâche Élie.

– Et puis, ajoute Valentin, je leur avais installé des coussins, un tapis, un MP3 avec une compil' années 80 et une enceinte. De quoi passer une super journée, peinards, dans leur refuge… Quand je suis arrivé avec Robert, à moitié endormi et furibard, devant le refuge, Gilou et Elsa étaient déjà à l'intérieur. La porte était ouverte. J'ai fait entrer le vieux mono, et j'ai vite claqué la porte derrière lui, en la bloquant avec l'aide de Victor. Mon frère avait suivi Gilou et Elsa sans se faire voir et s'était planqué dans un fourré.

– On a coincé le loquet avec une branche, explique Victor, et puis on a ajouté des poutres, des pierres et on a bloqué les fenêtres…

– Ils râlaient comme des fous derrière la porte, se souvient Valentin. Surtout Robert ! Mais on leur avait laissé un petit mot à l'intérieur : *Profitez de votre journée de repos… sans ados. Tout le monde se débrouillera très bien sans vous.*

C'était un plan simple, marrant, pas méchant…

Valentin et Victor avaient même prévu leur stratégie de défense au moment du retour des monos, a priori le soir-même.

– Quand on est revenu du refuge, vers 7 heures, on a déposé notre lettre anonyme dans la boîte aux lettres, dit Victor, et puis on s'est recouchés, comme si de rien n'était.

– C'est fou que personne ne vous ait vus… lâche Marouane, sans doute vexé de s'être fait avoir.

– Sergio s'est réveillé quand je suis entré dans la chambre, mais je lui ai dit que j'étais allé faire pipi… précise Victor.

Aucun membre de la colo n'avait soupçonné

tout ce qui s'était produit à l'aube, ce mardi 6 juillet. Victor et Valentin étaient vraiment très forts.

– Mais votre plan… a buggé, fait remarquer Phil.

– Les monos ne sont pas revenus hier matin, rappelle Océane.

– Oui… reconnaît Victor.

– Et vous êtes retournés au refuge ? demande la brune.

– Je suis allé vérifier, hier, avoue Valentin en se repassant très vite le film de son escapade au refuge en pensée. Il n'y avait personne. Je sais que c'est dingue, mais Gilou, Robert et Elsa se sont… volatilisés.

Tout le monde se tait pour intégrer pour de bon cette nouvelle.

– Il a fallu écrire un second message anonyme pour vous encourager à continuer la colo sans adulte, explique Victor.

– L'origami, c'était bien toi, alors ? s'écrie une voix étranglée.

Toutes les têtes se tournent vers Suzanne, encore plus rouge que d'habitude. Valentin sent que son frère va devoir ramer pour se faire pardonner par sa belle d'avoir menti.

– Les monos se sont volatilisés... pour de vrai, conclut Phil, soudain très sérieux.

Valentin a moins envie de rire, lui aussi, tout à coup. C'est bien, les vacances sans adultes, mais plus les jours passent, plus il craint la punition qu'il va se prendre si jamais il est arrivé quelque chose aux monos.

Tous restent silencieux quand, tout à coup, Greg se lève de sa chaise, et s'écrie :

– Là-bas ! Il y a quelqu'un, derrière les fourrés !

Valentin tend son cou, ne voit rien.

– C'est un animal ! s'affole Bintou. Il grogne !

La Joue du Loup,
le 8 juillet 2020

Coucou les frangins,

On a des petits soucis d'acheminement du courrier en ce moment, mais je suis sûre que vous m'avez écrit et que votre lettre est en route. Je vous fais confiance.

Il faut absolument que je vous raconte !

Aujourd'hui, on était en train de jouer au ballon avec mes copains près du chalet quand on a entendu un petit cri aigu.

À quelques mètres de nous, dressée sur ses pattes arrière il y avait… une marmotte !

Trop mimi !

C'est fou, hein ? J'en ai vu une, finalement !

Désolée, je n'ai pas eu le temps de la prendre en photo car elle est vite repartie se cacher. Mais voilà à quoi elle ressemblait…

Gros bisous,
les loulous !

Votre grande sœur qui vous aime,

Océ

12

Océane est sur ses gardes. À côté d'elle, pourtant, Marouane essaie de la rassurer :

– T'inquiète. Je suis sûre que c'était un chien !

Disséminés à l'arrière du chalet, par petits groupes, les pensionnaires du camp inspectent les fourrés alentour.

– Et si c'était un cochon sauvage ? interroge Bintou.

– On n'est pas en Corse ! réplique Rose-Marie. Moi j'ai entendu un aboiement, pas un grognement.

– Et si c'était... un loup ? souffle Suzanne. J'ai cru en apercevoir un, dans le bois, ce matin.

– Ouuuuuuuh ! Ouuuuuh ! se moque Valentin.

La nouvelle star du Summer Camp frime, mais Océane a bien remarqué la lueur d'inquiétude qui assombrit son regard.

– Il y a une bêêêête qui rôde ! glousse Lily, applaudie par Margot, en avançant, jambes et bras écartés, vers un talus.

Soudain, des fourrés bougent juste derrière les deux filles qui se transforment aussitôt en statues.

Ce n'est plus drôle du tout.

Océane cherche Marouane du regard, sans oser s'approcher, seule, de « la chose ».

– Fais gaffe ! souffle Phil le gros froussard qui reste à l'écart des autres.

Marouane apparaît enfin dans le champ de vision d'Océane. Il brandit un grand bâton, prêt à intervenir.

– Raaaaah...

Le gémissement plaintif l'arrête dans son élan. Des poils gris hirsutes apparaissent au-dessus des fourrés.

– C'est Robert ! s'écrie Bintou.

À défaut d'un brancard, il a fallu récupérer une brouette, puis y hisser le mono, aussi lourd qu'un ours. Heureusement que Rose-Marie a des bras musclés. Sans elle, Océane est persuadée que Marouane n'aurait pas réussi à transporter seul Robert jusqu'à sa chambre.

Le tee-shirt et le pantalon de treillis du mono sont tachés et déchirés.

Il a le visage couvert de griffures et de traînées noires, les cheveux et les ongles sales.

Et surtout, il ne parvient plus à parler.

– On dirait *L'enfant sauvage*, mais en vieux, affirme Greg en le dévisageant.

Océane a vu elle aussi le film en noir en blanc

où un garçon vit comme un animal dans la forêt avant d'être recueilli par un médecin.

– Robert a été attaqué par des loups, tu crois ?

Marouane a murmuré cette question tout bas à l'oreille d'Océane. Elle en a des frissons. Et ce n'est pas seulement à l'idée que des loups rôdent…

– C'est pas vrai ! se lamente Valentin, la tête dans les mains, prostré sur un transat. Où sont passés les autres monos ?

– Du calme, le rassure celui qui est pourtant son petit frère. On va s'occuper de Robert, et après on l'interrogera.

– Je refuse de laver ce gros putois ! prévient Phil.

Océane n'écoute plus les peurs des uns et les interrogations des autres. Après avoir récupéré une gourde d'eau fraîche, elle hésite à pénétrer à l'intérieur du « gourbi » de Robert, installé dans l'appentis collé à la cuisine du chalet. Marouane et Rose-Marie sont en train de coucher le blessé sur son lit.

Une odeur mélangée de cuir et de renfermé la saisit sur le seuil. Elle observe, sur les murs, la tête de chamois empaillée, les photos encadrées sur lesquelles Robert pose en tenue de chasseur avec des amis, la collection de chapeaux et de casquettes de différents pays du monde, du panama au chapeau mexicain, en passant par la chapka.

– Dans sa jeunesse, Robert devait être une sorte d'aventurier, glisse Rose-Marie. Ou un explorateur…

– Peut-être…

Océane craint surtout qu'un fusil soit caché dans sa chambre. L'insouciance des premiers jours sans adultes au Summer Camp s'est envolée. Elle commence à avoir peur.

La mauvaise blague de Victor et Valentin a mal tourné, et ce serait bien qu'ils récupèrent leurs monos, maintenant. En bon état, ce serait mieux.

– Je vais essayer de le faire boire, dit-elle en s'agenouillant près du lit.

Elle coince le goulot de la gourde entre les lèvres sèches du moniteur et l'aide à soulever la tête de son oreiller.

– Allez, Robert, bois un coup, ça ira mieux, l'encourage Océane.

Il lève la tête, avale quelques gorgées, puis gémit en se laissant retomber sur l'oreiller.

– On est censés repartir dans deux jours, par le train de nuit, se lamente Marouane tout en faisant les cent pas dans la pièce.

Océane met quelques secondes à comprendre de quoi il parle.

– C'est vrai, dimanche, on quittera le camp… ou pas, dit-elle, songeuse.

Soudain, les tintements de deux coups de klaxon retentissent au-dehors. Dans la pièce, tout le monde a sursauté, sauf Robert, qui ronronne à présent comme un gros matou crasseux.

– Voilà Mado ! crie Bintou avec une voix mi-soulagée, mi-inquiète.

« Il ne manquait plus qu'elle… »

Heureusement, par réflexe ou pour garder un lien avec eux, Océane venait d'écrire à ses parents, ce matin-même. Elle échange un regard avec Marouane, remarque ses mâchoires crispées, et comprend qu'elle doit prendre les choses en main.

– Reste avec Robert, Rose-Marie, ordonne-t-elle. S'il se réveille…

– Je l’assomme ? demande Lady Mono.

– Euh… tu le retiens, rectifie Océane.

Puis elle attrape Marouane par le bras.

– Viens avec moi.

Dans la cour, les autres ados se sont regroupés.

– Qu’est-ce qu’on dit ? interroge Suzanne, paniquée.

– Rien ! lâche Océane. Vous avez compris, les petits ? ajoute-t-elle en dévisageant Sergio, Greg, Élie et Bintou, leurs boules de pétanque encore dans leurs mains. On fait comme si de rien n’était. Continuez votre partie.

Victor se réfugie dans son gros livre. Valentin acquiesce d’un signe de tête, l’air penaud.

À cet instant, la factrice dévale en VTT une pente qui mène au chalet. Son large sourire devrait réconforter Océane, mais il la met à l’aise.

Un instant, elle ne sait plus quoi faire, et puis elle se ravise. Océane est sûre d’une chose. Il est hors de question que cette colo finisse mal.

La Joue du Loup, le 8 juillet

Maman,

Merci pour ta lettre !
Elle m'a fait super plaisir.

Voilà un beau chardon pour toi.

J'espère qu'il arrivera intact à Paris...
et moi aussi ! Mais non, je rigole !
Je vais très bien.

Bisous

Marouane

13

Marouane sent la sueur perler dans son dos, sous son tee-shirt. Il a les mains moites, et ses doigts tremblent pendant qu'il attrape l'enveloppe que lui tend Mado.

En reconnaissant l'écriture à pattes de mouche de sa mère, l'émotion le submerge, mais il parvient à retenir ses larmes. Il s'éloigne comme s'il voulait être tranquille pour lire son courrier, alors qu'il observe chacun et se demande qui va craquer dans la bande.

– Je vous ai manqué, les nains ? lance la factrice, d'humeur joyeuse. J'ai été malade deux jours. Une gastro mémorable. Vaut mieux pas que j'vous raconte, l'éruption du Vésuve, à côté, c'est de la rigolade. Mais bon, vous voyez, j'ai pensé à vot' courrier, même si c'est livraison de nuit aujourd'hui.

– Merci Mado !

– Merci Mado !

Des vrais enfants sages, les ados du Summer Camp. Certains filent même chercher leurs cartes dans leur chambre. Océane décachète une enveloppe contenant deux gribouillis qui la font éclater de rire. Puis elle tend celle qu'elle avait préparée à Mado. Marouane se dit qu'il écrira une lettre ce soir, ou bien… osera-t-il envoyer un texto ?

– Et les monos ? Ils jouent encore aux bûcherons ?

Le gros rire de Mado lui arrache un sourire. Marouane lève les yeux et remarque que Greg vient de lancer un regard furtif vers le « repaire » de Robert ! Quel idiot !

– Il est là, le vieux ? interroge Mado.

Personne n'ose répondre. Greg ouvre la bouche, mais Sergio lui plaque immédiatement sa paume droite dessus. La porte du chalet s'ouvre à cet instant. Phil déboule, un objet de l'ancien temps à la main : un caméscope.

– Mado, tu es en plein tournage d'une super production, là… Allez, on se dépêche pour la scène de l'agonie du chevalier, les figurants !

Et il pointe un doigt vers Valentin, Victor et Sergio. Les trois garçons se tournent vers Marouane qui leur décoche un signe du menton pour dire « cherchez pas, et faites ce qu'il dit !!! ».

– Désolée Mado, improvise Océane. C'est vrai qu'on a du travail si on veut finir ce soir.

La factrice ajuste la lanière de son casque, fait une petite moue vexée, puis lâche :

– C'est bon, j'ai compris. Je gêne… comme toujours !

Elle s'apprête à remonter en selle quand Suzanne l'arrête d'un geste, à la stupeur générale.

– Mado, tu as entendu ?

« … Quoi ? » grince intérieurement Marouane, furieux.

La factrice tend son visage vers l'horizon. Derrière ses lunettes noires, Marouane est certain qu'elle plisse les yeux.

– Alors ? insiste Suzanne.

Marouane se dit que cette fille est folle et puis, il perçoit lui aussi, très faiblement, un « Oouuuuuuh » qui retentit au loin.

– Oh, c'est rien ça, glisse Mado, un sourire énigmatique aux lèvres. C'est le chant de nos montagnes. Robert vous racontera !

Et sur ces mots, elle s'éloigne, plus déroutante que jamais, en pédalant entre les cailloux.

– Ouf ! C'est bon ! Elle est loin ! souffle Océane, en s'affalant dans un transat.

Elle boit une gorgée de la gourde destinée à Robert. Et puis elle les appelle, un par un.

– Marouane, Suzanne, Victor et Valentin, venez voir.

– Tu prépares pas le dîner, Océ ? râle Sergio depuis la cour, les poings sur les hanches.

– Non, c'est vous tous qui allez concocter un festin. Nous les grands, il faut qu'on cause.

– Euh… ma beauté, tu m'oublies ? intervient Phil, vexé, son caméscope toujours à la main. Je viens de vous sauver la vie, et c'est comme ça que tu me remercies ?

Océane ne se laisse pas impressionner.

– Je vais avoir besoin de toi et de Rose-Marie, affirme-t-elle comme une véritable chef de guerre, mais laisse-moi parler aux autres d'abord.

Le mini Grand Conseil est déclaré ouvert.

– Alors Captain Océ, dis-nous tout ! lance Valentin en se mettant au garde à vous.

– Si tu cherches à détendre l'atmosphère avec des blagues débiles, laisse plutôt faire Phil, il est plus doué que toi.

Marouane a du mal à en croire ses oreilles. C'est Suzanne qui vient de parler ! Tous dévisagent la blonde qui bafouille, aussi rouge que son short :

– Ben oui… je veux qu'on laisse parler Océane, maintenant. Enfin… la situation est grave, non ?

La brune acquiesce d'un signe de tête, et explique enfin son plan.

– Ce soir, quand tout le monde sera couché, on se retrouvera ici, sous le gros chêne. Phil et Rose-Marie resteront surveiller les petits pendant que nous partirons, tous les cinq, en expédition.

– Où ? demande Suzanne.

– De nuit ?! s'affole Valentin.

– Et Robert ? demande Victor.

Océane lève les mains en signe d'apaisement.

– C'est mieux de nous absenter pendant que les petits dorment. Comme ça, ils ne se poseront pas de questions, explique-t-elle. Nous allons retourner au refuge des Chardons pour vérifier si Gilou et Elsa n'y sont pas, ou au moins, trouver des indices.

– Il n'y avait personne hier matin quand j'y suis allé, rappelle Valentin.

– Oui, mais c'est le lieu où ils ont été vus pour la dernière fois, insiste Océane.

Et Marouane pense, sans doute comme elle, qu'on ne peut pas forcément se fier à Valentin.

– Tu as raison, lui dit-il. Et de nuit, cela nous permettra d'être plus discret.

– Et si Robert se réveille ? insiste Victor.

– Peu de risque... lâche Valentin.

– Et si des loups s'approchent ? demande Suzanne, décidément obsédée par le prédateur.

– T'inquiète, Robert les fera fuir avec son odeur ! ricane Valentin.

Tous restent silencieux et immobiles un moment. Marouane pense à ses copains du collège, à sa mère. Il a soudain peur de ne plus les revoir... Il hésite un moment à refuser de prendre part à l'expédition, mais il ne veut pas passer pour un lâche, et puis il faut qu'ils restent tous soudés, maintenant plus que jamais.

Océane tend une main au centre du cercle qu'ils forment tous les cinq.

– Prêts pour ce soir ? demande-t-elle. Je sifflerai cinq fois pour vous prévenir que je vous attends sous le gros chêne.

– Prêts pour ce soir ! répondent les autres en tendant leur paume à leur tour.

La nuit est tombée. Marouane a fait semblant de s'endormir, entre Sergio et Élie, dans la grange. Il a attendu que les petits ronflent et il s'est éclipsé discrètement. Valentin et Phil jouent aux cartes, dans la cour. Victor est déjà assis sous le gros chêne, plongé dans son livre, sa lampe frontale fixée sur le crâne.

Marouane remarque les lumières allumées dans la cuisine du chalet. Suzanne et Océane doivent prendre des provisions. Il monte quatre à quatre les escaliers. Il n'a pas encore eu le temps de préparer son sac pour l'expédition. Dans la chambre des Bouquetins, inoccupée, il attrape un caleçon, un tee-shirt propre, des baskets de rechange, sa brosse à dents, du déodorant… Et puis, il tend la main vers son matelas.

Crac…

Marouane sursaute, le cœur battant. La porte s'ouvre.

– Qu'est-ce que tu fabriques ? lance Valentin. C'est quoi toutes ces fringues ! On part pas six mois !

– Oui oui… J'arrive.

– Océane a sifflé. Grouille !

La Joue du Loup, le 8 juillet

Mon cher et valeureux oncle Jean-Mi,

Je t'espère en grande forme.

De mon côté, je vis des aventures incroyables.

Les loups ne sont pas rares dans cette contrée, surtout quand la lune est pleine.

Mais rassure-toi, je ne les crains pas, et tout ce que tu m'as appris m'a encore servi cette nuit.

Je me suis souvenu de tes enseignements sur les constellations, et la Grande Ourse m'a guidé avec mes compagnons.

Un étrange totem était sur notre route, mais bientôt, nous allions trouver refuge.

Tous mes efforts pour rendre cette colo exceptionnelle sont récompensés.

Je pense que je suis vraiment fait pour cette vie au grand air !

Ton humble neveu

Victor

14

Victor respire l'odeur des aiguilles de pins et sent la fraîcheur douce de la nuit qui se répand autour de lui et de ses compères. Il aime le bruit régulier des pas sur le sentier, les lueurs des lampes-torche qui vacillent, les ombres… Il adore cette ambiance.

– T'es grave d'avoir gardé tes claquettes, grince Valentin, gâchant la poésie du moment, tu vas te gameller dans une pente… Aïe !

– Et toi, fais gaffe aux branches ! réplique Océane.

– On est encore loin ? s'inquiète Suzanne.

Ils sont partis depuis dix-sept minutes, Victor vient de vérifier sur sa montre. Il leur reste quarante-cinq minutes de marche… Et il meurt de faim.

– On a fait la moitié, assure Valentin qui ne contrôle jamais rien, ni l'heure, ni un trajet sur une carte.

– Je ne vois plus de marques du sentier de Grande Randonnée sur les arbres, prévient Marouane, en tête du groupe.

– Si, par là ! lance Océane.

Victor a de plus en plus faim. Il sent son ventre gargouiller.

Il a envie de demander une pause, mais il n'ose pas. Valentin va encore se moquer de lui et de sa gourmandise. Pourtant, son frère est loin d'être parfait. C'est même lui le plus froussard des deux.

Au fond de lui, Victor a l'impression d'être dans un roman de Jules Verne, son auteur favori. Il aimerait que s'éternise cette expédition, que lui et ses compagnons découvrent un passage secret. Il n'a pas envie de penser aux monos, et à ce qui a pu leur arriver. Il craint le brusque retour à la réalité.

– Les parents vont nous massacrer, quand on va rentrer ! se lamente Valentin.

Son frère le contrarie même dans ses pensées. Victor aurait vraiment préféré qu'il reste au chalet.

– Attends un peu, Valentin, la colo n'est pas finie, plaisante Océane. Pour l'instant, tes parents ne savent rien.

Crissements des semelles sur les graviers du sentier. Chacun doit être en train de réfléchir à ce qu'il a écrit dans sa dernière lettre.

– Mes parents vont me bombarder de questions, dès que je serai rentrée, lâche Suzanne. Et je suis presque sûre qu'ils ont essayé de joindre Gilou plusieurs fois.

– Ah oui ? s'affole Marouane. Mais ils vont paniquer, alors...

À nouveau, tout le monde se tait. Victor se concentre sur ses pas.

– Victor, où est ton tél ? lance alors Marouane.

Hors de question de le révéler.

– Cela ne te regarde pas, s'énerve Valentin. Et on n'appellera personne tant qu'on ne sera pas certains de ce qui est arrivé aux monos.

– Et tes parents, Marouane ? souffle Océane. Ils sont stricts ?

– Je vis avec ma mère.

– Et ? insiste Valentin. C'est plus cool que si t'avais ton père en prime ?

– Ben non, c'est pire. Elle est franchement...

– Pénible, je parie ! traduit Océane.

– Comme toutes les daronnes ! s'esclaffe Valentin.

– Chut ! les interrompt Suzanne. Vous avez entendu ?

– Quoi, encore ? râle Valentin. Tu nous fatigues avec tes loups-gaaaaaaaaaah !

Victor se précipite vers son frère.

– C'est rien... râle ce dernier, j'ai glissé dans un trou, mais il est pas profond.

Valentin récupère sa lampe-torche et le faisceau vient balayer une forme indistincte.

– C'est quoi, cette chose ? balbutie Suzanne.

Valentin éclaire un crâne de chèvre, planté au sommet du tronc lacéré d'un jeune pin sur lequel ont été accrochées des plumes.

Victor est certain de ne pas l'avoir vu les autres fois où il a emprunté ce sentier.

– Pas de panique, dit fermement Océane même si sa voix est moins assurée que d'habitude. C'est juste une sorte de totem.

– Flippant, commente Valentin en se relevant.

– Regardez ! s'écrie Marouane. C'est le refuge qu'on voit, en contrebas !

Victor, comme les autres, remarque la lueur rougeâtre qui filtre par les fenêtres.

– Il y a quelqu'un à l'intérieur, murmure Suzanne, comme si elle avait peur qu'on l'entende.

Victor s'avance, en tête du groupe. Le refuge des Chardons n'est plus qu'à quelques mètres.

– Éteignez vos lampes et baissez-vous, souffle-t-il aux autres. Avant d'être repérés, il faut vérifier que ce sont bien Gilou et Elsa qui sont là.

Tout le monde s'exécute en silence. Le cœur de Victor bat plus fort. Des doigts frôlent brusquement son bras.

– Ah ! souffle-t-il.

– C'est moi, le rassure Océane. Tu veux que j'aille frapper à la porte et vous m'attendez là ?

– Non ! Non ! lance Marouane. On reste groupés.

– T'affole pas, frime Valentin, qui se retourne vers Suzanne et ajoute : Si un loup-garou lui ouvre la porte, on foncera la délivrer !

Victor remarque à cet instant que la nuit est claire et le ciel constellé d'étoiles. Et que c'est aussi… la pleine lune.

Il se garde bien d'inquiéter Suzanne d'avantage et, enhardi par l'intensité du moment, il pose une main réconfortante sur son épaule. Puis il s'adresse à Marouane :

– Océane peut descendre en éclaireur, approuve-t-il, et on la rejoindra en deux secondes si besoin.

Leur amie ajuste son sac sur son dos, puis descend seule le dernier raidillon qui mène au refuge. Elle frappe à la porte, deux coups bien forts. Les quatre randonneurs, dissimulés derrière les arbres, retiennent leur souffle.

Un, deux, trois, quatre…

Victor compte les secondes dans sa tête.

Personne ne vient ouvrir. La lumière rougeoyante filtre toujours à travers les fenêtres.

Malgré l'éclairage de la lune, Victor a du mal à voir si Océane se tourne vers eux, ou si elle s'apprête à ouvrir.

– On y va ! souffle Marouane.

Victor perd une sandale dans la descente et manque de glisser. Suzanne le retient par le bras juste à temps.

Une fois devant le refuge, il retrouve Océane, perplexe.

– J'ai collé mon oreille à la porte, dit-elle. Aucun bruit. Et les fenêtres sont trop hautes pour qu'on espionne ce qu'il se passe à l'intérieur.

C'est Marouane, le plus baraqué du groupe, qui est désigné pour ouvrir la porte, les autres agglutinés derrière lui. Pendant qu'il débloque le loquet, une odeur de brioche vient flatter les narines de Victor. Une pensée l'assaille aussitôt.

« Pourvu qu'il reste quelque chose à manger... »

[Raph]

Valentin : Salut Raph, mon poto.

Valentin : Grrrr ! Pas de réseau, ici… Mais tant pis, faut que je tape un message. On a fait une partie de Loup-Garou trop chelou.

Valentin : T'aurais dû être là, mec…

Valentin : Faut qu'on se capte dès que je reviens à la civilisation, OK ?

Valentin : Tu me manques, gros. A +.

15

Valentin avance de quelques pas dans le refuge, dernier entré après ses compagnons. Dans la pièce aux murs en rondins de bois, un feu de cheminée brûle. Mais ce que Valentin a remarqué en premier, c'est la table dressée avec des brioches, des bonbons, cinq assiettes et des petites serviettes posées dessus.

– Vous avez compté ? souffle Marouane. C'est

comme si on était attendus.

– Tout était déjà installé, la dernière fois ? demande Océane à Valentin.

– Non…

En réalité, il n'en sait rien. L'autre matin, il n'est pas rentré à l'intérieur du refuge. Il a d'abord eu peur de se prendre une rafale tout seul, par les trois monos. Et puis, en y songeant, il a eu la frousse à l'idée de ce qu'il pourrait découvrir, mais ça, plutôt mourir que de l'avouer.

Il a hurlé « Gilou ! Robert ! Elsa ! » pendant cinq minutes, et il est parti.

Pour lui, il n'y avait pas âme qui vive au refuge.

– Il y a une lettre, dit Suzanne.

Elle approche sa main, qui tremble légèrement, du rouleau de papier posé au milieu de la table pour l'attraper.

À cet instant, la lourde porte, qu'ils avaient laissée ouverte se referme dans un CLAC ! Les cinq adolescents échangent des regards paniqués. Marouane et Valentin se précipitent pour tenter de la rouvrir. Le loquet est bloqué !

– Ouvrez ! hurle Océane.

– Gilou ! Elsa !! supplie Victor.

Suzanne fonce devant une fenêtre et recule soudain, une main devant la bouche.

– Il y a un loup... là, debout sur ses pattes arrière... qui danse ! balbutie-t-elle.

Il faudrait qu'elle arrête les bonbons hallucinogènes, Suzie la coincée. Mais Valentin, la gorge sèche, s'approche du carreau pour regarder d'un peu plus près.

« Non... c'est pas vrai ! »

Il voit une silhouette, toute noire, au long museau et aux oreilles pointues, et une autre, identique, en train de se dandiner avec elle.

– Il y en a deux ! lâche-t-il après avoir réussi à maîtriser la panique qui le fait pourtant transpirer à grosses gouttes sous son tee-shirt.

– Deux ?! coasse Suzanne.

– T'as déjà vu des loups qui dansent ? s'égosille Valentin autant pour se rassurer que rassurer les autres. Ce sont des mecs déguisés !

– Vraiment ? s'étonne Marouane en regardant à son tour.

« On nage en plein délire », se dit Valentin.

Océane prend la lettre des mains de Suzanne et la lit à voix haute :

La nuit, on s'amuse au Refuge des Chardons
Si vous voulez revoir vos moniteurs,
Goûtez sagement ces douceurs… et profitez bien de votre soirée.

– Hiiiii ! hurle soudain Suzanne en agitant une serviette comme si elle voulait éteindre un feu ou faire la poussière à toute vitesse.

– Aaaah !

– Hééééé !

Marouane et Océane viennent de sauter dans les bras l'un de l'autre, au grand désarroi de Valentin.

Tout ça à cause d'une une grosse araignée noire qui court sur la table ! Heureusement, les deux sangsues se détachent. Océane se laisse tomber sur une chaise et pose la lettre froissée sur la table. Elle tend la main vers la carafe de jus d'orange.

– Pas touche ! l'arrête Valentin en essayant de lui prendre le poignet qu'elle retire vivement (quelle tigresse !). C'est le refuge hanté, ici. Il est peut-être empoisonné…

– Pauvre Gilou. Pauvre Elsa. Qu'est-ce que ces malades déguisés en loups leur ont fait ? souffle Suzanne en fixant le feu de cheminée. Quand on voit dans quel état Robert est rentré au chalet…

– Je parie qu'on est tombé sur une secte, lâche Marouane, aussi blanc qu'un fantôme. Ma mère a arrêté toute une bande d'illuminés habillés en diables comme ça un jour.

Suzanne fond en larmes.

– Super, Marouane ! Merci pour le réconfort, grince Valentin.

Mais soudain, il revient sur un détail de la phrase prononcée juste avant.

– Ta mère les a « arrêtés » ?

Marouane se met à se ronger ses ongles frénétiquement.

– Elle est flic ? lance Valentin.

Marouane hausse les épaules, ouvre la bouche pour parler, recommence à se ronger les ongles en faisant les cent pas, puis avoue :

– Oui, elle est même commissaire ! Et je n'ai

même pas mon portable sur moi pour l'appeler au secours !

Le téléphone ! Valentin avait fini par oublier qu'ils en avaient un, son frère et lui.

– Vic, sors le tien ! Dépêche-toi !

Victor lâche brusquement Suzanne qu'il entourait de ses bras.

Il cherche son sac à dos… qu'il ne trouve plus. Les loups dansent toujours et crient « ouh ouh ». S'il n'était pas en pleine montagne, un soir de pleine lune mais à une fête du collège, Valentin serait plié en deux à force de rire.

– Le voilà ! crie Marouane à Victor en lui tendant son sac.

Le garçon en sort son énorme bouquin.

– Pitié, Victor ! Ce n'est pas le moment, le supplie Océane en levant les yeux au ciel.

Le frérot ouvre l'ouvrage et dévoile sa cachette secrète. Un trou a été creusé dans l'épaisseur des pages pour y caler… son téléphone ! Marouane en reste bouche bée.

« Hé ! Hé ! se félicite Valentin. On est vraiment des kings. »

– C'est pas vrai, Victor ! Tu jouais en ligne toute la journée, en fait ? s'égosille Océane, soudain revigorée.

– Pas de réseau, déclare Victor, sans que cela ne semble le perturber.

– Oh non ! gémit Suzanne.

Valentin se demande qui ils auraient pu appeler. Leurs parents ? La police ? La mère de Marouane pour faire un tir groupé ?

Il regarde le grand brun qui fait les cent pas dans la pièce. Il ressemble à une bête traquée. Valentin doit prendre les choses en main. Il pique le portable de Victor. Aucun service.

Valentin essaie quand même d'appeler le portable de Gilou, comme il l'a fait dix fois depuis deux jours.

– Je t'ai dit qu'il n'y avait pas de réseau ! s'emporte Victor.

– Je préférais vérifier, réplique son frère en lui rendant le téléphone.

À présent, il n'a pas d'autre choix que de se creuser le cerveau. Il frotte même vigoureusement ses tempes pour faire surgir une idée de génie, mais rien ne vient.

– Là… là ! bégaie soudain Marouane en tendant le doigt vers le couloir, situé à droite de l'entrée. Le dortoir du refuge doit se trouver au fond.

Valentin se retourne, n'aperçoit rien d'autre que l'obscurité d'une pièce.

– T'as vu quoi ? demande-t-il.

– Un… un truc qui qui a bougé… au plafond.

– Gilou ? Elsa ? Vous êtes là ? interroge Victor d'une voix qu'il voudrait ferme mais qui tremblote.

Valentin se dit qu'il veut se la jouer aventurier devant Suzie, mais qu'il a autant la trouille que lui.

– Il faut aller voir, dit Océane.

– J'allais le dire ! ment Valentin.

Marouane acquiesce d'un signe de tête.

Ouh ! ouh ! ouh ! Youhou !

Dehors, les faux loups chantent, à présent. Personne n'ose s'approcher des fenêtres pour mieux écouter mais on dirait qu'il y a de la musique aussi… genre Daft Punk.

– Je vous attends ici, murmure Suzanne.

Les trois garçons font bloc autour d'Océane qui s'avance en premier vers le dortoir.

La brune allume sa lampe torche et…

– …

Valentin ne parvient même pas à crier. Des chaussures de randonnée se balancent au-dessus de leurs têtes ! Il les compte : 1, 2, 3, 4. Deux paires.

Dehors, des sons de basse résonnent de plus en plus forts.

– Ce sont des fantômes de randonneurs, vous croyez ? demande Marouane, d'une voix à peine audible.

Sa respiration devient haletante, à moins que… ce ne soient les soupirs des fantômes du refuge ?

– Du calme, les gars, lâche Océane. Les lacets sont punaisés au plafond. C'est juste une blague complètement débile.

Puis elle dirige sa lampe vers les lits. Valentin a maintenant l'impression d'avoir deux blocs de plomb à la place des jambes et du béton dans la gorge. Il ne veut pas regarder, pourtant il est comme hypnotisé par les formes qu'on aperçoit sous les duvets.

– Courage ! chuchote Victor. Soyons vaillants comme des chasseurs de zombies !

Facile à dire ! Valentin plisse les yeux, et les rouvre, quand il sent l'air provoqué par le soulèvement du duvet.

Il les rouvre, et découvre, comme ses copains, des oreillers empilés. C'est tout.

– Aaaah ! Y a un truc qui bouge ! hurle soudain Victor en regagnant la salle.

Océane éclaire de sa torche la souris qui vient de filer sur le plancher de bois.

À cet instant, Victor leur crie :

– Venez voir !

La Joue du Loup, le 9 juillet

Coucou Papa, Coucou Maman,

Je sais, je vous fais le coup à chaque fin de colo, mais là, vraiment, je n'ai pas envie de partir.

On commence tout juste
à s'amuser !

Allez, inscrivez-moi une semaine
de plus au Summer Camp...
Pleaaase !

Bisoooooous

Océ

16

Océane s'approche de la fenêtre, mais ne voit rien. Les faux loups ont disparu. La musique s'est tue. Et c'est la pleine lune.

– Vous croyez qu'on va tous mourir ? interroge Victor, les yeux dans le vague.

Soudain, des coups résonnent.

Valentin se précipite vers la porte.

– Toujours bloquée, souffle-t-il.

À nouveau, on frappe.

Océane sent les vibrations sous ses pieds.

– Cela vient du plancher, dit-elle.

Tous regardent vers le sol. C'est alors qu'ils perçoivent un toussotement. Quelqu'un est là, tout près.

– *Victor ! Valentin !*

La voix est étouffée, très grave, mais ils l'entendent très bien.

– T'es qui ? répond Valentin.

Victor reste silencieux. Il est sur ses gardes. Océane pose une main sur l'épaule de Marouane et, de l'autre, désigne la poignée d'une trappe qu'elle vient de remarquer, juste sous la table. Marouane hoche la tête et lui sourit. Il doit sentir, comme elle, que le dénouement de l'histoire est proche. Curieusement, Océane a moins peur qu'à leur arrivée au refuge. Elle se sent même grisée par cette soirée. Quelque chose dans cette voix lui est familier.

– *Vous avez défié les meilleurs monos de toute l'histoire des colos.*

Oui, c'est Gilou qui parle. Océane perçoit sa pointe d'accent.

– Ce n'était peut-être pas une super idée, mais on vous demande pardon, Gilou, dit Valentin.

Lui aussi semble convaincu de l'identité de leur interlocuteur. Océane perçoit des chuchotements, des rires, mais qui ne proviennent pas du plancher. Ce sont les faux loups qui se marrent ?

– On a bien eu la frousse, alors maintenant on arrête le jeu du refuge hanté ! Fini, OFF, Game Over. J'suis crevée, moi !

C'est Suzanne qui vient de s'énerver. La douce, la blonde Suzanne.

Océane et les autres la dévisagent, interloqués.

– Hé, hé, tes copains Victor et Valentin n'auraient pas dû tenter de se débarrasser des adultes. Pour être délivrés, il vous faudra résoudre cette énigme...

La voix, moins grave qu'au début, devient de plus en plus reconnaissable.

– OK, Père Fouras, soupire Valentin. Si ça t'amuse...

Tout en parlant, il se penche au-dessus de la trappe et fait signe à Marouane de l'aider. Chacun pose une main sur la poignée.

La voix toussote sous le plancher et déclare :

– Il permet de se masquer et nage dans les eaux de la Méditerranée. Le rouge est sa couleur préférée et il a de grandes dents… Qui est-il ?

Un silence. Océane observe Suzanne et les garçons, un à un. Victor prononce muettement la réponse, qu'elle a devinée aussi.

Puis, dans un même élan, Marouane et Valentin soulèvent la trappe et tous les adolescents hurlent en chœur :

– LE LOUP !

Le regard de Gilou, surpris, apparaît. Il semble un peu déçu, aussi, qu'on ouvre la trappe avant lui.

– Vous êtes trop forts, les jeunes ! Mais avouez… Vous avez eu peur, hein ?

– Où est Elsa ? s'inquiète Suzanne, à quatre pattes sur le plancher, pour mieux observer l'intérieur de la cachette de Gilou.

– Hiyaaaah !

Océane, Marouane, Victor et Valentin s'écartent en voyant surgir une espèce de furie par une porte camouflée dans la cloison près de la cheminée.

Tous dévisagent Elsa, les cheveux crêpés et

vêtue de noir, dans une posture de zombie et une grimace… affligeantes.

– Désolée, je ne suis pas très douée, s'excuse la monitrice face à leur silence hébété, avant d'ajouter : Avouez, vous avez quand même eu peur, ce soir.

– Mouais, admet mollement Valentin.

– Carrément ! confirme Suzanne. Et puis… on était inquiets pour vous.

Marouane ferme et referme la porte secrète, épaté.

– On vous a quand même surveillés, durant ces deux jours, lâche Gilou en se hissant hors de sa cachette. Je trouvais cette expérience d'autonomie imprévue très intéressante, mais il fallait que je vous donne aussi une petite leçon.

Boum ! Boum ! Boum !

Les coups résonnent contre les murs en bois.

– C'est bon, la nouba est finie ? grommelle une voix reconnaissable entre toutes.

– Oui, Mado, c'est bon ! répond Gilou.

Tous entendent le loquet de la porte du refuge qui se débloque. D'un coup, la porte s'ouvre. L'air frais de la nuit s'engouffre dans la pièce, et deux comédiens vêtus de noir, leur masque à la main, sourient de toutes leurs grandes dents.

Mado et Robert.

– Bon, on rentre au chalet, les vauriens ? lance le plus vieux mono de la Terre, plus en forme que jamais. Je commence à en avoir marre de vos conneries !

C'est bien le son d'un clairon qui vient de retentir.

Océane émerge de sa couette et du rêve étrange qu'elle vient de faire. Les notes saccadées retentissent dans la cour et la porte de la chambre des Marmottes s'ouvre en grand.

– Robert est guéri ! s'écrie Bintou. Robert est guéri !

Océane se frotte les yeux. Elle revoit soudain les événements de la courte nuit passée, au Refuge des Chardons. Les frayeurs, les fous rires et le retour au milieu des pins, sur le sentier de grande randonnée, avec Mado et les trois moniteurs.

Après être restés quelques heures prisonniers, mardi dernier, Gilou, Robert et Elsa ont décidé d'un commun accord de ne pas réapparaître. Mado a espionné le chalet, de près et de loin. Les copains gendarmes de Robert ont bien joué la comédie, eux aussi, et leur ont fait un rapport détaillé de la vie des pensionnaires.

– Salut Bintou, la forme ? demande Suzanne, qui émerge à son tour de son lit.

– La super forme. Faut vite descendre, les filles. Une autre surprise vous attend au réfectoire.

– Ah oui ? lance Suzanne en décochant un coup d'œil complice à Océane. On arrive !

Quelques minutes plus tard, Océane et Suzanne font leur entrée dans la salle à manger sous un tonnerre d'applaudissements.

– Et pour les dernières debout, hip, hip, hip ! lance Gilou, en pyjama, un collier de fausses fleurs tahitiennes autour du cou.

– Hourra ! hurlent en chœur les adolescents du Summer Camp, Elsa et Robert, son clairon brandi dans la main.

Victor, Valentin et Marouane sont déjà installés. Des bols fumants de chocolat chaud sont disposés sur les tables, et des assiettes remplies de viennoiseries circulent de main en main.

– Les filles, c'est dingue ce qu'il vous est arrivé, cette nuit, non ? Il faut TOUT nous raconter !

Océane est aussi ébahie que Suzanne de constater que cette question vient d'être posée par Lily.

– Savoure ton heure de gloire, Suzie, glisse Océane à son amie.

Mais Suzanne hausse les épaules, et lâche à Lily qu'elles se verront plus tard. Elle prend place avec Océane à une table suffisamment éloignée de « Barbie Colo ».

Robert souffle trois notes brèves dans son clairon pour réclamer le silence.

– Les cocos… démarre Gilou. Ce camp ne s'est pas déroulé comme prévu mais je vous propose de conclure un pacte, ce matin, en trempant tous en même temps un bout de croissant dans notre cacao.

– Quoi ? Dans notre caca ? s'affole Sergio.

– Non ! T'es malade… dans notre chocolat chaud ! pouffe Greg.

– Chuuuut ! fait Elsa.

– Ce qui s'est passé ici restera un secret entre vous et nous, reprend Gilou. Et si vos parents vous posent des questions, vous pourrez leur montrer le super film que nous allons tourner pendant ces deux dernières journées !

– Ouaaaaaaais !

– À vos croissants ! braille Robert. Plongez !

LA COLO

PAS MAL LA GRIMACE !

_ POURQUOI LA ROUSSE N'EST PAS SUR LA PHOTO ?
_ QUI ?
_ SALOMÉ !

Épilogue

Salomé se faufile sur le sentier et ramasse une pomme de pin. Elle cherche les chardons autour du bâtiment en bois. Il doit bien y en avoir puisqu'ils ont donné leur nom au refuge.

La fillette trébuche sur un trépied.

– Attention à toi, ma petite, lui souffle Gilou. Le tournage va commencer !

Salomé passe sa main dans ses cheveux roux et le suit à l'intérieur du bâtiment en rondins. Elle adore observer, écouter, et elle retient tout, alors que les autres ne retiennent jamais son prénom.

Salomé voudrait donner la pomme de pin à

Océane. Elle l'aperçoit, allongée sur un lit installé dans la salle à manger, près de la cheminée. Elsa vérifie les derniers détails, remonte la couverture à carreaux, étale une fausse toile d'araignée sur le mur.

Marouane, penché au-dessus d'Océane, remonte avec l'index ses fausses dents de vampire. Il doit l'attaquer !

Salomé s'accroupit dans un coin. Son cadeau attendra.

– Action ! crie Gilou.

Salomé sait que Valentin est jaloux, mais elle sait aussi qu'Océane préfère Marouane. Elle a dit à Suzanne qu'ils habitaient à trois stations de métro l'un de l'autre à Paris et que ce soir elle espérait qu'il l'invite à danser pendant la « Summer Soirée ».

Salomé sent que Marouane craque pour Océane, lui aussi. Ses yeux brillent quand il la voit et ses lèvres tremblent un peu. D'ailleurs là, elles tremblent beaucoup.

– ACTION, Marouane ! insiste Gilou.

– Euh, oui, pardon !

– Coupé ! gémit Gilou.

– On recommence… soupire Robert. Un vampire ne s'excuse pas !

Drapé dans sa cape, Marouane acquiesce et s'élance vers sa belle.

– Psst… toi ! souffle Robert à Salomé en l'empêchant de voir la suite. File prévenir Valentin que ça va être à lui.

Sous la tente dédiée au maquillage, le beau gosse peaufine ses cicatrices de zombie.

– Mec, t'es trop fort, le complimente Phil. Il faut qu'on fasse des vidéos ensemble !

– Oui, je verrais, frime Valentin. Je suis super occupé, tu sais. Toutes les filles du Summer Camp m'ont demandé mon 06. Et il faut que j'alimente mes réseaux.

– Ouais, j'imagine que tu es une vraie star, maintenant… Faut qu'on se refasse une colo ensemble, en tout cas.

– Quand tu veux, mec !

Ni l'un, ni l'autre n'a remarqué Salomé.

– Euh… commence-t-elle.

Valentin se lève.

– Il est passé où, Victor ? demande-t-il sans baisser les yeux vers Salomé. On tourne dans cinq minutes.

– Moi, je sais ! lance la fillette. Je vais le chercher !

Et elle disparaît dans un éclair fauve sans attendre la réponse du zombie.

– Et comme ça ?

Juché sur un gros rocher, à l'ombre d'un pin gigantesque, Victor, vêtu d'un ancien uniforme prêté par Robert, prend la pose devant Suzanne, son faux fusil à la main.

Suzanne éclate de rire, et cela fait ressortir ses dents noires.

– C'est… hi, hi. C'est super !

– Tu veux que je te dise un truc ? lance le chasseur.

– Laisse-moi deviner, réplique Suzanne. Tu as faim… et moi aussi !

Elle éclate à nouveau de rire, et cela fait bouger les fausses araignées dans ses cheveux en pétard.

Salomé a su dès le premier jour qu'ils étaient faits l'un pour l'autre, ces deux-là. Victor lui a fait lire un nouveau poème qu'il a écrit pour Suzanne et elle l'a déposé pour lui en cachette dans la valise de sa chérie, sous un paquet de cookies aux algues.

– Victor ! appelle Salomé en regrettant un peu de les déranger, Valentin t'attend.

Le chasseur se met au garde à vous.

– Je reviendrai... lâche-t-il, en sautant du rocher, avant de courir sur le sentier.

Salomé se retrouve seule avec Suzanne.

– Oh ! Des chardons ! s'écrie-t-elle en désignant un buisson recouvert de fleurs violettes. Tu as vu comme ils sont beaux !

Mais Suzanne ne réagit pas. Elle s'adosse au rocher.

– Tu es triste ? lui demande Salomé.

– Non. Enfin... si. Je voudrais que le Summer Camp ne finisse jamais.

– Moi aussi, soupire Salomé en venant se blottir contre elle.

Suzanne passe une main sur son épaule.

– C'est drôle, dit-elle. Je n'avais aucune envie de venir ici. Et maintenant, je ne partirais pour rien au monde. C'est étrange comme tout peut changer en quelques jours.

– Les colos, c'est toujours comme ça, souffle Salomé.

– Tu en as fait tant que ça ? s'étonne Suzanne.

– Trois !

Salomé connaît bien « le cafard du retour », comme dit son papa. Son amie sort quelque chose de sa poche : c'est l'origami de Victor, en forme d'oiseau.

– Tiens, c'est pour toi, souffle-t-elle à Salomé.

– Oh ! Merci ! répond la fillette en lui sautant au cou.

Puis elle se précipite et cueille quatre chardons pour en faire une couronne qu'elle offre à Suzanne.

– Tu es trop jolie ! dit-elle une fois qu'elle l'a mise.

Et elle ajoute, tout bas même si elles sont seules :

– C'est pas grave de pleurer...

– Mais je ne pleure pas ! ment Suzanne en essuyant ses joues toutes mouillées.

Les deux filles se prennent la main et remontent le sentier.

Dans le ciel bleu, des cris résonnent. Rose-Marie en tête, la bande du Summer Camp se prépare pour ce soir. Suzanne et Salomé chantent en chœur :

– *On va swinguer ! On va danser !*

Et au loin résonnent des « *Ouh ! Ouh !* »

FIN

L'AUTRICE

Née en 1973, CHRISTELLE CHATEL a écrit plus d'une centaine d'ouvrages pour la jeunesse. Albums pour petits et grands, documentaires, livres de recettes, romans, Christelle adore aborder tous les genres, pour tous les âges.

Toute ressemblance avec des ados existants n'est pas une pure coïncidence dans *La Colo sans monos*. Les trois garçons de Christelle âgés aujourd'hui de 20, 16 et 14 ans, et leur joyeuse bande de copains sont une source inépuisable d'inspiration...

RAGEOT s'engage pour l'environnement en réduisant l'empreinte carbone de ses livres. Celle de cet exemplaire est de :
620 g éq. CO_2
Rendez-vous sur www.rageot-durable.fr

PAPIER À BASE DE FIBRES CERTIFIÉES

Achevé d'imprimer en Italie en mai 2021
par Grafica Veneta, Trebaseleghe Dépôt
légal : juin 2021
N° d'édition : 7545-01